Fan
ファン文庫

JN155134

探し物はたぶん嘘

著　大石塔子

マイナビ出版

目次

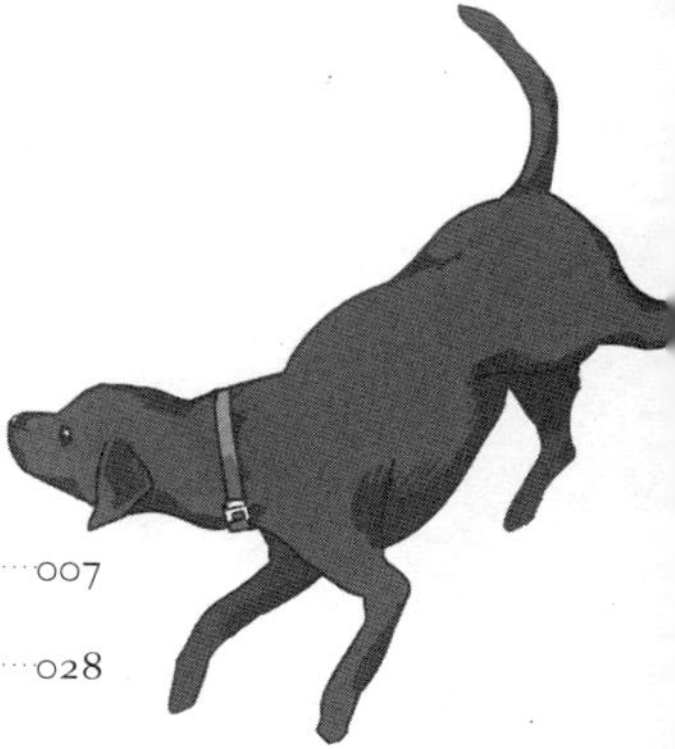

イラスト……USI

探し物はたぶん嘘

大石塔子

Tohko Oishi

四月、疾風のキャンパス

　まだ冷たさを残す曇り空に、黒雲が流れてゆく。夜が明けても風はやまなかった。適当に身仕度を済ませて家を出ると、水の匂いをはらんだ突風が吹きつけてくる。

　月曜の朝とはいえ、時間が早いせいか、人の姿はまだ見えない。通りには葉をつけ始めた街路樹が不安そうにざわざわと鳴っていた。

　今年の春は、穏やかな晴天なんて日はほとんどなかった。桜の季節になっても空は重く、花びらは強い風に散っていった。今も近くの葉桜が大きく揺れている。

　四月から大学に通い始めた湯《ゆ》川《かわ》智彦《ともひこ》は、そんな春を逆に楽しんでいた。

　心躍る青空に花開く桜や、春爛漫《らんまん》のキャンパスで希望いっぱいに歩きだす新生活とか、がらっとイメチェンして、新しい自分でデビューするとか、そういう野心的な意欲はない。

　イベントも嫌ではないけれど、積極的に関わるよりは、後ろでのんびり眺めていたいし、宴会やパーティみたいなテンションに付き合うのは面倒なので、花見どころではないこの天候はかえってありがたかった。

　なんとなく風景が気に入って選んだ大学は、都市部の青松町から四駅ほど離れた、ちょっと郊外の白根沢駅にあった。ごちゃごちゃしていないし、田舎すぎもしない、自宅からも程よく離れていて居心地のいい土地だった。大学の施設も新しく、学びたいものは特になくても、この快適な空間で過ごしたいという志望動機だけで大学を決めた。もちろん入学可能な選択肢の中で。

まわりの学生に比べると入学の感動は薄いかもしれないけれど、このキャンパスは気に入っている。曇った白い空の下、やわらかに揺れる新緑を眺め、石畳の小路をのんびり歩く。大学の構内が、自分にとってこんなに癒やされる場所だとは思わなかった。

四月も半ばを過ぎて、歩いていれば寒さも気にならない。歌いだしたいような気分だった。これが自分なりの春の気分なんだろう。

午後は授業がなかったので、病院に用があるという友人に付き合い、荷物を預かって待合のベンチに座り、ぼんやりとしていた。白根沢の大学病院は常に混雑している。

入学してから初めてできた友人、遠野《とおの》守一《もりかず》も、同じく春から大学一年生として学ぶ仲間だった。知りあってそれほど日が経っていないから詳しいことはよく知らないけれど、遠野は高校生の頃からこの近くに一人で暮らしている。大学には、付属の高校からそのまま上がってきているらしい。

月曜のせいもあるのか、病院はいつも以上に混み合っていた。待合の長椅子は満席で、座れない人達が立ったまま本を読んだり、スマートフォンをいじったりしている。ゲーム機を持参している子供も多かった。

「予約しているからすぐに終わる」と遠野は言っていたし、待つのは構わない。しかし、患者でもないのに長椅子に座っているのも気が引けるので、立ち上がって壁際に寄り、遠野の荷物を足元に置く。

遠野から預かっているのは、かなり大きい紺色の革製トートバッグだった。うちの母親が持って歩いているようなものと違って、ちょっとかっこいい。細身で身長がそこそこある遠野には似合っていた。舟型になっていて、猫が二匹ほど余裕で入りそうな、膝の上に置くにも周囲に気を遣う大きさ。開きやすくて、なんでも放り込めるから楽だと遠野が言っていた。粗雑ではないけれど、たぶん遠野も面倒くさがりなんだろう。

人のことは言えないけれど、遠野は何事ものんびりしたタイプだ。落ち着いていて、変に気合いの入った格好をしているでもなく、熱血漢でもテンションが高いタイプでもない。あまり人付き合いは好きではなさそう。いつも眠そうな目をして、右肩にバッグ、左手をポケットに入れたまま、のんびり歩いている。

足元にあるバッグは、確かにパカッとバケツのように口が開いてしまう。中身を見ると、ノートや筆記用具、何に使うんだか解らない小物や軍手、ボールやタオルなんかが無造作に放り込んである。無防備だけど狙われる心配はなさそうだと判断して、遠野のバッグを足元に置いたまま、壁に寄りかかって遠野を待つ。

ぼうっとしていたら、軽く体に衝撃が走った。ぶつかってきたのは、小ぎれいな顔をした背の高い青年だった。急いでいるのか、青年はちらりとこちらを見て走り去っていく。

小ぎれいに見えたのは、ちょっとだけ明るい髪や肌の色、顔の形が雑誌なんかの外人モデルに見えたからかもしれない。服装も街ゆく男の子風ではないし、水色のジャケットを着て、スタイルもよく、ちょっと貴族とか王子様っぽい。歳はあんまり変わらない感じだろうに、どうしてこう人はそれぞれ違うんだろう。

そんなことを考えていると、視界の端に女の子が飛び込んできた。女の子は突然屈みこむと足元に置いていた遠野のバッグに、いきなり手を突っ込んだ。慌てて足元に視線を動かした時には、女の子は猛烈な勢いで風のように走っていく。その手には、黒い財布のようなものが見えた。

「……あれ？」

目の前で起こった状況が理解できずに、呆然としてしまう。

ひょっとして今、女の子に、堂々と何か盗まれたっぽくないか。

あまりにも堂々としていたので自信がない。どうするべきか考えていると、今度はスーツ姿で四十過ぎくらいの男が急ぎ足でやってきた。少し怖そうに見えるので、接触しないようにぴったりと壁に身体を寄せる。男は待合であることを配慮しているのか、足音を立てないような独特の足取りで目の前を走り過ぎ、先ほどの青年と女の子が向かった方へ去っていく。この病院、元気な人が多すぎないか。

「湯川、待たせたな」

いきなり視界を遮り、眠そうな目をした細身の男が現れた。診察を済ませた遠野だった。

「遠野、今、なんか盗まれたかも。この中から何かなくなってない？」

「なんでだよ」

遠野は左手をポケットに入れたまま、面倒くさそうにバッグの中を検《あらた》める。慌てて今の状況を説明すると、遠野はどうでもよさそうに言った。

「何もなくなってない。盗まれるようなものも入れてないしな」

「それはそうだけど、でも、さっき確かに女の子が、黒いワニ革っぽい財布みたいな何かをがばっと」

「黒っぽい財布なんて入れてない」

遠野はさらりと答えると、少し心配そうな表情で聞いた。

「どんな女の子だ？　子供か？」

「いや、高校生か、ひょっとしたら俺達と同じ大学生だと思うけど、クリーム色のコート着た、髪の長い女の子。ちょっと背が低め」

素早くて忍者みたいな感じ、と言おうとしてやめる。たぶんかえって伝わらない。へえ、と遠野はバッグを不思議そうに眺めると、そのまま右肩にかけて聞いた。

「その子が、なんで俺の荷物を盗んでいくんだ？」

「それはこっちが聞きたいんだけど」

なんだか自分の勘違いのような気がしてきて不安になる。女の子が偶然、自分のものを落として、それを拾う瞬間を見たのかもしれない。なんにせよ、風のように走り去ってしまったので追いかけようがなかった。歩きながら素直に謝る。

「なんかごめん。見間違いなんだろうな。俺って結構、思い込み激しいみたい」

「よく解らないけど、何もなくなってないならいいだろ」

他人事みたいに言う遠野と病院を出て、曇り空の下をのんびり歩く。少し強めの春風に、遠野が眠そうな目をさらに細めた。さらりと揺れる髪は黒く、細面《ほそおもて》の顔に似合っている。目をもうちょっと開けて、きりっとした顔をすれば結構モテるのではないかと思うけれど、余計なことは言わないほうがお互いのためによさそうなのでまだ言っていない。

駅を越えてしばらく歩くと、大学のグラウンドが見えてくる。そのまま歩けば中央棟に到着するけれど、今日は手前で曲がり裏側へ向かった。グラウンドを迂回《うかい》して部室棟の横を通る。この辺りの桜もほとんど散っていて、やわらかそうな新緑が揺れている。


——遠野と知り合ったきっかけは、かなりドラマティックなものだったと思う。入学してすぐの夕方過ぎ、暗くなるまでなんとなく大学構内を散歩していた時だった。中庭の自販機でドリンクを買い、一人で散りゆく桜を見ながら喉を潤していた。

そこに突如、真っ黒な物体が目の前に現れた。ふんふんと鼻を鳴らして擦り寄ってくるそれは、大きな黒いラブラドールレトリバーだった。その首には赤い首輪と紐がついていて、散歩中に飼い主が手を離してしまったらしい。

南門の方からのんびりと歩いてきた飼い主、遠野は、愛犬を探すものののんびりしていて、角を曲がってこっちを見てもあせる様子は見せなかった。街の中なら騒ぎになるかもしれないけれど、黒い犬もきちんと躾《しつ》けられているらしく、じゃれてくるような素振りもない。

ただ、言葉もなくお互いが惹かれあうように、飼い主そっちのけでじっと見つめあってしまった。

こんなにピュアな出会いが今後あるかは解らないけれど、確信した。この子はたぶん、俺のことを好きなのだろう。そして俺も、この子を好きになってしまったらしい。

眠そうな目をした飼い主は、こっちにゆっくり近付いてくると、どこか面倒くさそうに頭を下げた。

「すいません。うちのヤツが、おかしな真似しませんでしたか」

「いえ全然」

うちのヤツってなんだ、と思いながらも、どこか気まずさを抱えて答える。相手が女の子ならともかく、こんな状況で男性に『可愛いワンちゃんですねー』と話しかけるのも気が引けた。

「ほら行くぞ、お前」と、人間みたいに促された黒い犬は不思議そうな目をして飼い主を見た。名前を呼ばれないことが、強い命令を受けていないという解釈に繋がったのか、俺が『またね』と手を振ると、黒い犬は嬉しそうに再びこっちに向かってきた。

「待てペッパー！」

飼い主がさすがに驚いて、犬の名前を口走る。

「ペッパーっていうの、お前？」

持っていたドクターペッパーをぐっと握りしめる。たぶんこれは、ユングの言うところの集合的無意識とかシンクロニシティとか引き寄せの法則とか、そういうヤツに違いない。遠野は人懐っこい性格ではないけれど、とにかくペッパーが俺を気に入ってくれたらしく、それからは散歩で会うたびに尻尾を振りながら近付いてきた。

俺とペッパーの友情に仕方なく付き合っていた遠野は、だんだん慣れてきたのか少しずつ話すようになった。人付き合いは嫌みたいだけれど性格は悪くないし、基本は真面目で、慣れてしまえば付き合いやすかった。

「運命の出会いってあるんだなあ」

大学の裏手にあたる南門を見つつ、ペッパーとの出会いを思い出してしみじみ言うと、遠野が恨みがましい目で睨んできた。

「ああいう気まずさは初めてだった」

「悪い。犬には好かれる自信があるんだよね」

遠野が何か言いたそうな顔をしつつも黙る。『犬には』という部分を追及してこないのは、意外と紳士だからなのだろう。

遠野は高校時代からペッパーと一緒に一人暮らしをしている。部屋は大学の近くで、普段はペッパーに部屋で留守番をさせて大学へ通っている。講義の合間にペッパーの様子を見に行けるし、なかなか快適な生活みたいだ。近くには行きつけのパン屋もあって、店員さんとも仲がいいらしい。

今日は病院の帰りにオゴってくれるという話だったので遠野についていくと、南門のすぐ向かいに、『Ｋｒａｎｉｃｈ』と小さく書かれた焦げ茶色の看板が見えてくる。白い壁に黒いアイアンで吊り下げられた木製の突き出し看板の端には、小さなハートを咥《くわ》えているほっそりとした鳥の図柄が描かれていた。

「あれ、なんて読むの」

「クラーニヒ、だったと思う」

店の前には、西洋の童話に出てくる人面樹みたいなくぬぎの木と、少しだけ芝生のスペースがあって、ガーデン用のテーブルセットが二つ置いてあった。天気のいい日は木陰でパンを食べられるらしい。

焦げ茶色のドアを開けて中へ入ると、明るい店内にはほのかに甘い香りが漂っていて、黒いパンやねじれたハート形みたいなパン、木の実が詰まったパンなどが棚に並んでいる。通好みのパン屋かと思ったけれど、おいしそうな白パンやチーズのパン、サンドウィッチなど一般的なものもあった。

「すいません、このポテトサラダ、玉葱入ってますか」

一人しかいない店員さんに聞いてみる。

「あ、うちは入れてませんよ」

眼鏡をかけたお姉さんがにっこりと答える。よし、とポテトサラダのサンドウィッチを確保すると、ナッツ入りのパンを手にした遠野が不思議そうな顔をした。

「湯川、玉葱ダメなのか。ペッパーと同じだな」

「そうなの？　ペッパーも苦手なんだ」

「犬に葱類は毒なんだよ。好き嫌いじゃなくて」

遠野が会計のカウンターに、いくつかのパンを置こうとする。なんとなく手を貸そうとすると、「いい」と、俺の手を払うようにしてポケットから千円札を取り出した。「ここで食べていきますか」と、優しく微笑むお姉さんに遠野が答える。

「はい。少し休んでいってもいいですか」

「どうぞ。よかったらお茶も入れますよ」

「いつもすいません、千鶴《ちづる》さん」

俺の親切は受け取らないくせに、お姉さんには素直に頭を下げるのか。千鶴さんと呼ばれた眼鏡のお姉さんは、「座っていてください」と言い残して店の奥へ向かった。

外に出た遠野は、くぬぎの木のそばにある椅子に座ると、紺色の巨大なバッグを下ろす。天気は曇りながらも穏やかになってきていて、風も奇跡的に凪《な》いでいる。くぬぎの葉の柔らかい黄緑色と、白い空の組み合わせは眩《まぶ》しすぎず心地よかった。

「お待たせしました」

三角巾に紺色のエプロンを身につけた千鶴さんは、薄い化粧に真面目そうな黒縁眼鏡で、パン屋さんというよりも修道院のシスターみたいな雰囲気だった。

千鶴さんはスライスしたパンや紅茶のカップが載ったトレイをテーブルに置き、小さなおしぼりを手渡してくれる。束ねた長い髪が春風にさらりと揺れると、ちょっとだけ照れたように肩をすくめた。

「あとこれ、おまけです」

トマトと黒オリーブのサラダが盛られた小皿を二つ置いてくれた千鶴さんに、思わず話しかける。

「千鶴さんって、お店に限らず、普段から人にご馳走しちゃうタイプじゃないですか」

おしぼりを揉むようにして左手を拭いていた遠野が、にやりと笑った。「えっ」と千鶴さんは恥ずかしそうに両手で眼鏡の端を押さえる。

「どうでしょう。でも、そんなにハイカラなのはご馳走できませんよ。今日はたまたまトマトをたくさんいただいたのと、お二人とももう少し野菜を摂ったほうがいいと思って」

「湯川、ここに通うと食べ物には困らないぞ。パン屋と関係ないようなものも、今まで結構いただいてる」

遠野は「いつもお世話になってます」と、茶化しながらも頭を下げた。「あの時はかんぴょうをいただいてしまったので」と千鶴さんが顔を赤くする。

「遠野、何もらったの」

「太巻き寿司」

「すごい。すごいけど確かにパン屋さん関係ないな。古文もできる英語教師みたい」

思わず感心してうなずく。千鶴さんは「いえいえ」と手を振り、「ではごゆっくり」と後ろ髪を揺らしながら店の中へ戻っていった。ほっそりした背中を見送りながら遠野に聞く。

「きれいな人だね。ちょっと年上？」

「たぶんな。俺もよく解んないけど、言うことが時々古いから、結構離れてる可能性もある。考えないほうがお互いのためだと思う」

「ふうん」とポテトサラダのサンドウィッチにかぶりつく。ハムと胡瓜《きゅうり》、緑のオリーブが入っていて、微かに黒胡椒の香りもする。少し変わっているけれど、苦手なタマネギは入ってないのでおいしく食べた。遠野も、ポケットに左手を突っ込んだ少し行儀の悪い体勢で、トマトのサラダをありがたそうに味わっている。

それにしても、とサンドウィッチを咀嚼《そしゃく》しながら思い出す。さっきのはなんだったのだろう。忍者みたいに現れて、猛烈な勢いでバッグから謎《なぞ》の物体を取り出し、風のように走り去った女の子。

あの子は何を持っていったのだろう。あんなゴツくて黒い、ワニ革財布みたいなものが入っていれば、バッグを預かった時に気付いてツッコミを入れていたと思う。遠野も、そんなものは入れてないと言うし、実際どうでもよさそうなものしか入っていなかった。

俺の見間違いだとは思うけれど、どう勘違いしたのだろう。あの子は遠野の私物を持っていったのではなく、バッグに自分の物を落としてしまって慌てて取り出したのかもしれない。一言もなしに走り去ったのも、それが言いにくい、恥ずかしい品物だったのかも。

「女の子が、人に見られて恥ずかしい物ってなんだろう」

「あ？」

フォークでオリーブと格闘している遠野が、不審そうな目でこっちを見る。

「いや、例えば鞄からぽろっと落として、慌てて隠すようなものとかさ」

「湯川。何を考えてるのか、まず教えろ」

伝わりそうな言葉を探しながら、真剣に考える。女の子の恥ずかしい、見られたくないもの、という概念を伝えかねていると、背後から甘い男の声がした。

「女の子が恥ずかしいのって、誰にも見せたことのない素顔とか、寝顔かな？」

振り向くと、そこには見知らぬ青年が立っていた。遠野も驚いて、カップを持つ手が止まる。青年はそのまま空いていた椅子に優雅に腰掛けた。

「いきなり失礼。うちの一年生だよね？」

そう言った青年は、よく見ると見知らぬというわけでもなく、先刻病院の待合で最初に走っていった小ぎれいな青年だった。細身の白いズボンに水色のジャケット、真ん中で分けられた長めの前髪は栗色っぽい色をしている。外人モデル風の整った顔立ちで、身につけているものも高そうに見える。おまけに背も高い。

「あの、すいません、さっき病院にいませんでしたか？」

「病院？」と整った眉を上げて、小ぎれいなお兄さんは優しい声で続けた。

「いや、行ってないけど？　ねえ、それより春の昼下がりに外でお茶しながら、なんの話してたの？　女の子が聞いたら十人が十人引くと思うよ」

「男の俺でも十分引きましたよ、今」

目の前の人物が先輩らしいという雰囲気を感じ取って、言葉の調子を変えた遠野が冷ややかな目でこっちを見た。いや、変な意味で言ったわけじゃ、と弁明しようとして諦める。こういう恥ずかしい失敗を繰り返して大人になるのだから、前向きに進むことにしよう。

妙なサークルの勧誘でもなさそうなので、とりあえず簡単に自己紹介をした。面倒くさそうな顔をしていた遠野も、「遠野守一です」と名乗って頭を下げる。「ああ、ごめん」と、先輩と思われる人物は長い足を組んでニッと笑った。

「僕は三年の南多。南多寛則《みなみだひろのり》っていうんだ」

「なんとなくモテそう」

思わず呟いてしまう。南多には独特のオーラがあった。余裕を感じさせる雰囲気で、どこか芝居がかったような身のこなしも、南多がやるとちょっと優雅に見える。

何より、南多は自分と違う世界の服を着ているような気がした。あまり興味はないけれど、高級そうなブランドの匂いがする。俺は適当な茶色のズボンに白のシャツ、その上に薄い赤のカーディガン。ちなみに遠野は、ベージュのズボンに白っぽいシャツを着て、のんびりと寛いでいる。服に気合いの入っていない後輩に見つめられた南多は、困ったように笑いながらも、嬉しそうに言った。

「そんなことないよ、普通だって」

「いいえ、俺そういう服とか、どこで買えばいいのかも知りません」

いくら出したら買えるのかも解りません、と思いながら紅茶のカップに口をつけると、

「湯川が着てもなあ」と、遠野が紅茶を飲みながら小さく呟いた。南多は服飾系の仕事を狙っているそうで、身を乗り出して語り始めた。

「セレクトショップとかもイイよ。湯川君もいろんなお店に通ってみなよ。店が違えば置いてある服も違うし、匂いも違うから。それがまた落ち着くんだけどね」

そう言って南多はトゥモローなんとかとか、なんとかアローズとか、なんとかニューヨークだの、店の名前らしきものを挙げる。

「そんなところにいきなり乗り込んでおしゃれな服を買えるほど、俺レベル高くないです」

「平気だって。変わった格好する必要なんてないんだ。二人ともスタイルはいいんだし、サイズが合ったものをきちんと着てればノーブランドでも大丈夫。あとは……オールブラックな格好とか、デニム・オン・デニムとか、ダメージ加工のありすぎるジーンズとか、パンツを下げて穿いたりとかは人を選ぶから、しないほうがいいよ」

「言われなくても、それはさすがに」

「あとは季節感とか、年齢とマッチしてるかどうかも大事かな。流行《はや》りもあるけど、湯川君はそういう、ちょっとだけカワイイ色を使うのもいいんじゃないかな、赤、似合ってるよ、すごく」

「そうですか？　よく解らないけど、ありがとうございます」

思わず拝んで礼を言う。店員と話すのは苦手だし、なんとなく普通っぽければいいや、くらいの基準で今まで服を選んでいたから、こういう話は新鮮だった。遠野は他人事みたいな顔で黙ってパンを味わっている。南多は一瞬考えると、足元に置いてある紺色の大きなバッグを指差した。

「でもこの格好にこのでっかいバッグは、ミスマッチかもしれないね。ちょっと見せて」

遠野のバッグを手に取ろうとする南多に、「それ遠野のです」と自分の茶色いリュックを持ち上げてみせる。「そうなの？」とちょっと驚いた顔をしつつも、南多は遠野のバッグを覗こうとした。

「あ、ちょっと汚れたものも入ってるので」

少し困ったように遠野が右手でバッグを持ち上げる。中身はペッパーの歯形だらけのボールやら軍手やらでごちゃごちゃなのを俺は知っている。

「ああごめん。確かに、遠野君にはこういう色似合うね、紺色とか」

南多は謝りながら笑って手を離した。

「そうですか。どうも」

遠野が反応に困って紅茶をすする。南多は長い足を組み替えて笑った。

「ね、君達合コンとか興味ない？　よかったら今度来なよ。練習だと思って」

「え、いきなりそんな、俺達初めて会ったばかりなのに」

唐突な話にあせりながら遠慮する。大学生になったからって、『気軽な合コンのお誘い』とこれほどダイレクトに出会うとは思わなかった。そんなふうに考えていると、南多は申し訳なさそうに俺と遠野を交互に見ながら言った。

「あ、でも彼女とかいるなら、二人とも真面目そうだしダメかな？」

「……彼女はいないんですけど、まあ真面目なので」

いるいないに関わらず、あまり乗り気になれないということを遠回しに伝える。

「同じく。真面目なことは否定しません」

遠野も興味なさそうだ。

「でも、どっちか彼女いるじゃん。見たことあるよ」

南多が頬杖をつきながら、ニッと笑った。遠野と顔を見合わせる。

遠野か。遠野が隠してるのか。

「ほらあの子でしょ？」

遠くに目をやった南多が部室棟を指差す。裏通りとはいえ、ぽつぽつと学生が通るなか、クリーム色のコートを着た女の子が駆けていくのが見えた。背が低めで幼く見られそうだけど、長い髪をなびかせながら、きりっとした表情で遠ざかっていく。さっきの子だ、と俺が思っている隣で、遠野がぽつりと言った。

「あれ誰だっけ。どっかで見たような」

「遠野君の彼女だろ？」

「違いますけど」

眠そうな目をしたまま遠野が否定する。「隠さなくていいじゃん」とにんまり笑う南多の相手をするのがだんだん面倒くさくなり、そろそろ退散することを告げて二人で席を立つ。南多は残念そうに笑いながら手を振って、大きなバッグを肩にかけた遠野を眺めていた。

カップや皿を返そうと店の中に入ると、千鶴さんがトレイを受け取ってくれた。

「忘れ物はありませんか」

「大丈夫です。ごちそうさまでした」

お礼を言って店を出る。まだ頬杖をついて座っている南多にも会釈すると、器用にウインクで返してきた。どう反応していいのか解らないまま遠ざかり、ペッパーが待つ遠野の部屋へ二人で向かう。

「あのさ遠野、あの子だよ。バッグからなんか持ってったの、さっき走ってた背の低い子」

「……さっきの?」

でも誰だったっけ、と遠野が首を傾げる。

「高校時代のクラスメイトとかじゃないの?」

「ここの付属は男子高だよ。……そうか、中学のクラスにいた篠原《しのはら》って子だ」

のんびりと一人でうなずく遠野を、なんだ、と横目でちょっと睨む。

「知り合いなら先に言ってよ。何事かと思ったじゃん」

「いや、知り合いというか」

説明が面倒なのか、遠野は考えるような顔をして黙る。仕方なく代わりに言った。

「彼女か。短い付き合いだったな、遠野」

「……じゃなくて、名前しか知らない。口もきいたことがない。同じクラスってだけで。だから南多さんが、どうしてあんなこと言ったのか解らない」

「そんなこと言っといて、本当は甘酸っぱい思い出があったりするんだろ、どうせ」

「いや、本当にありえない。あいつは確か、話ができなかった……と思う」

「なにそれ」

どんな事情だ、と遠野の顔を見る。遠野は眠そうな目をさらに細めて、暮れてきた空を見ながら言った。

「幼稚園とか、小学校なんかでいなかったか？　内気というか、極度の恥ずかしがりやで、人とあんまり話ができない子」

「ああ、いたよね。あの子がそんな感じには見えないけど」

少なくともさっきの篠原って子は、小粒だけどアクティブな女の子に見えた。

「さすがに今は普通に話せるんじゃないか？　中学の頃も、授業で指された時には囁くみたいな声で答えてたし」

「なるほど。それはともかく、あの子が何かを持ってったように見えたんだよね。遠野のバッグから」

「でも、なくなった物はない。篠原は何を持っていったんだ？」

遠野は、肩にかけたバッグをぺちんと叩く。あなたの心です、って話でもなさそうだ。肝心な部分を見ていなかったのが悔やまれる。病院でぶつかったのも南多ではないみたいだし、今日はちょっと調子が悪いのかもしれない。

「話変わるけどさ、南多さんって、ああ見えて世話焼きおばちゃん系かな。近所にいるよ、もっとパリッとしたカッコしたらーとか、早く彼女つくりなさいよーとかアドバイスしてくる人。さすがに合コンのお誘いはなかったけど」

「せっかくだから行ってこいよ。またとない華やかなイベントだろ」

そう言って遠野がポケットから鍵を取り出す。大学から歩いて五分もかからない、大学生の一人暮らしにしては少し贅沢にも思える遠野のアパートが見えてくる。一階奥の角部屋の鍵を開けると、玄関で待っていたペッパーが黒い尻尾をぶんぶん振って、主人とその客を歓迎してくれた。ペッパーとじゃれあいながら言う。

「華やかなイベントに興味がないわけではないんだけど、今のスペックで乗り込んで必死に経験値を上げるべきか、もう少しいい服とか装備を充実させて乗り込むべきか」

「ダンジョンでモンスターと戦うんじゃないぞ」

遠野はバッグを床に下ろし、中からタオルや丸めた軍手を出して部屋の奥へと投げた。ペッパーがそれを追っているうちに、遠野は靴べらを使ってスニーカーに履き替える。散歩に行くことを察知したペッパーは、すぐに玄関に戻ってくる。

「そういうつもりじゃないけど、わざわざ狩りに行って生命力とか精神力とか削るより、なんにもしなくても向こうから寄ってくるような、温泉みたいな存在でありたい」

「草食とか肉食とかを超えてるな」

ペッパーに赤いリードを装着して、二人と一匹で再び外に出る。こっそり買っておいた犬用ジャーキーの袋を遠野に見せて、ペッパーにあげていい？と了承を得る。ふんふん鼻を鳴らしながらも行儀よく待っていたペッパーにジャーキーを見せ、空に向かって放り投げる。肉食の女の子ペッパーは、ジャンプして見事にそれをキャッチした。

ベッカライ・クラーニヒ

病院事件の翌日、火曜の朝は少しだけ肌寒かった。大学に早めに来てしまうのが癖になっているので、今朝も無駄に時間があった。キャンパスの景色は思っていたより飽きず、朝から大学構内をうろうろするのは結構楽しい。

今朝はキャンパスを一周したあと、ふと思い立って図書館へ行くことにした。大学の図書館は想像以上に大きくて、自分がいた高校の図書館が悲しいほどに小規模なものだったのだと理解してしまう。

入ってみると、四階建ての図書館は、一階から三階までが開架書架になっていた。本に用があるというよりも、窓からの景色を見たかったので三階へ向かう。三階は芸術、語学、言語、文学に関するエリアだった。中庭側の窓からは、風に揺れる新緑の木立が見える。

反対側の裏手の窓へ移動する。今日も空は曇っていて、朝から風が鳴っていた。窓から外を見ると、昨日遠野に連れていってもらったパン屋が見えた。すでに店は開いていて、外のテラスにいる二人の客が見えた。

「あれ？」

くぬぎの木のそばで話しているのは、昨日話しかけてきた南多と、遠野のバッグから黒い物体を摑んで走り去った女の子、篠原に見えた。春風に揺れる黒髪と大きな目で、遠目に黒が際立って見える。小さくて素早く、そして際立つ黒。やはり少し忍者っぽい。

南多は、困ったような笑顔を浮かべて篠原に一歩近付いた。足の長さのせいか、その一歩で篠原にぐぐっと接近する。朝っぱらから篠原をナンパしているのかと思ったけれど、ちょっと違う雰囲気だった。会話の内容は解らないけれど、篠原は大きな目を見開いて真剣な表情で南多と向かい合っていた。


今の時期、昼休みに正門辺りをうろつくのは、部活やサークルの勧誘が激しいので危険だ。

午前の講義が終わり遠野と東棟を出ると、図書館に続く階段から学生がわらわらと下りてくるのが見えた。出待ちしていた勧誘の学生は、どう見分けているのか、結構な精度で一年生をロックオンしていく。

その中に、クリーム色のコート姿の、ちょっと小柄な黒髪の女の子、篠原がいるのが見えた。肩にはコートと同系色のバッグをかけている。

図書館から出てきた篠原は、周囲に目もくれずに階段を駆け降りると、勧誘の学生達をものともせずに走っていく。

「なんか、いつも走ってるよね。ああやって勧誘から逃れればいいのか」

「あれじゃ、かえって陸上部に目をつけられるぞ」

遠野も眠そうな目をして篠原を眺める。長い髪をなびかせ、篠原は無表情のまま疾風のごとく駆け抜けていった。

一方、俺達はゆっくりと中庭を抜け、南門から昨日のクラーニヒへ向かった。「のんびりさせてもらおう」と、遠野が紺色の大きなバッグを肩にかけ直して空を見る。昼頃になると風向きが変わるのか、一時的に風はやむことが多い。

クラーニヒに着くと、森の長老みたいなくぬぎの木の下の特等席は空いていた。遠野が席を確保するためにバッグを椅子に置き、俺は別の椅子に脱いだ上着をかけて店内に入る。大きなトレイから焼きたてのパンを棚に並べていた千鶴さんが、俺達に気付いて笑顔で言った。

「こんにちは遠野君、と湯川君、でしたよね？」

二人で千鶴さんに挨拶する。湯川君、なんてにっこり呼ばれると、まるで昔からの知り合いみたいで嬉しい。香ばしい匂いにつられて、焼きたてのクルミとチーズのパンやレーズンのパンをトレイに取った。遠野は空のトレイを持ったまま、少し困ったような表情で小さな丸いパンを睨んでいる。放っておくことにして、先に会計を済ませた。

「こちらからで申し訳ありませんが、よかったらどうぞ」

カウンター越しに千鶴さんが、紅茶をトレイに載せてくれる。慎重にトレイを持って顔を上げると、千鶴さんは外を見ていた。その視線を追って、ゆっくりと振り向く。いつの間にか篠原が、くぬぎのそばの特等席に立っているのが見えた。

篠原は真剣な表情で遠野のバッグを覗き込んだかと思うと、まるでカエルを捕まえるみたいな勢いで素早く手を突っ込んだ。一瞬、バッグの辺りで何かがきらりと白く光る。すぐにバッグから手を離した篠原は、風のように走り去っていった。

「今の、やっぱりあの子だ」

先行ってる、と遠野に言い残して外に出た。トレイをテーブルに置き、周囲を見回すが、篠原の姿はない。「やはり忍者か」と呟きながら遠野のバッグを覗き込む。さっき光ったのはこのピンセットか、小さなスパナみたいな物差しか、銀色のホイッスルか？　どれも違う気がする。袋に入った犬用ガムは当然違うだろうし。

篠原の目的はなんだったのだろう。相変わらずバッグの中身は盗む価値なんかないものばっかりだし、泥棒にしては様子が妙だった。実は、遠野のバッグに手紙を入れたとか？　話すのが苦手なタイプだったら、ありうる。そしてやっぱり恥ずかしくなって、取り返そうとバッグを漁《あさ》ったとか。

遠野は否定してるけれど、実は篠原とちょっとイイ感じなのではないだろうか。南多も『見たよ』って言ってたし、ささやかな事情があったりして遠野も言いたくないのかもしれない。モテとか合コンの話にもほとんど興味がなさそうなどこか冷めているスタンスも、恋人のいる余裕からくるものかもしれない。

だったら、朝見たのはなんだったんだろう。南多は篠原と話していた。別に話すくらいもちろん自由だけれど、なんだか変な感じはする。遠野に言うべきか。だけど本人達が隠しておきたいことをつっつく真似はしたくない。遠野は篠原との仲を隠していたいのに、篠原と南多が二人で話してたよ、大丈夫?なんていきなり言えるほど神経が太くはない。

立ったままいろいろと考えているうちに、右手にトレイを持った遠野がゆっくりと歩いてきた。トレイにはチーズの入った黒パンと小さめのサンドウィッチ、さらに先刻迷っていた小さな丸いパンが紅茶と一緒に載っている。

着席して手を拭き、「いただきます」と、ほかほかのパンにかぶりつく。クラーニヒのレーズンパンはレーズンとパンのバランスが程良くて、結構好きだ。続けてクルミとチーズのパンを手に取ると、小さな丸パンを持った遠野に聞いた。

「そのパンなに?　小さいやつ」

「餡《あん》パン」

「へえ。今度食べてみよう」

なんでもあるんだな、とクルミチーズパンを味わう。ちょっと迷ったあと、紺色のバッグを指差して遠野に聞いた。

「ところで、なくなってる物とかない?」

怪訝《けげん》な顔をした遠野は、バッグをちらりと見てため息をつく。篠原が漁ってたからさ、というのも二人の関係によっては悪いような気がして、「さっき篠原がこの辺にいたからさ」と控えめな言い方をした。遠野は面倒くさそうにパンをいったんトレイに置くと、右手で適当にバッグを広げ、中身をざっと見て言った。

「特にない」

「毒はない」

背後からの、優しげで意味不明な声に振り返る。そこにはいつの間にか、千鶴さんがトレイを持って立っていた。

意味が解らずびっくりしている隣で、遠野は慣れているらしく笑っている。「韻を踏んでみました」と千鶴さんは照れたように笑いながら、苺を盛った小皿を二つテーブルに置いてくれた。思わず両手を合わせて感謝を伝えると、「では、ごゆっくり」と千鶴さんはお店に戻っていった。「毒はともかく」と遠野のバッグを見ながら話を戻す。

「何かあるんじゃない？　篠原は、そのバッグに興味というか用事があるみたいだった」

「バッグに？　中身に？」

苺を口に入れながら遠野が聞く。持ち主にかも？という言葉を苺とともに飲み込むと、後ろから今度は甘くて明るい男の声がした。

「やあ、また会ったね」

四階メンズファッション売り場にようこそお越しくださいました、って感じの人が立っていた。南多はそのまま正面に回り込み、長い足を見せつけるようにゆっくり組んで座る。地味な二人の何が気に入ったのか、キャンパスには慣れたかとか、女の子の友達はできたかだのと、今日も軽やかに話しかけてくる。

実は巧妙な勧誘だったらどうしよう、と不安になり、南多に聞いてみた。

「南多さんって後輩に優しいんですね。でも俺達こんなななのに、どうして気にかけてくれるんですか」

「こんなってどんなだ」

遠野が小さく呟く。南多は足を組み直して笑った。

「ちょっと心配でさ。なんか危なっかしくて」

「どういう意味ですか？」

遠野が驚いたように目を見開いて尋ねる。南多は慌てたように片手を振った。

「いや、基本的に湯川君がさ。女の子に致命的な発言とか、やらかしちゃいそうで」

「ああ、それはよく解ります」

納得しました、という顔で、遠野がのんびりと紅茶を飲んだ。納得のいかない俺が二人に意見する。

「だとしても、今のところ女の子を追い求める方向にはあんまり力入れてないので、大事故にはならないはずだと思います」

「そこは力入れようよ。それに、その気がなくても事故は起きるし、可愛い子ときっかけできても見逃しちゃったりするよ絶対。ね、二人とも、芸能人なら誰が好きなの？」

南多が楽しそうに身を乗り出す。女の子の話が好きなんだなあ。

この人と話していると、まるで自分が煩悩のない、清廉な人格の持ち主のような錯覚を覚える。賢者のごとく沈黙を守っていると、もう一人の賢者、遠野が申し訳なさそうに答えた。

「すいません、最近テレビ観てなくてよく知りません」

「俺も、観てないわけじゃないけどよく解んないや。アナウンサーとかなら少しは知ってるけど、やっぱりテレビ観てないと会話に困るかなあ」

「そんなことないけどさ、女の子を誉める時なんかは、アイドルとか無難な女優とかにちょっと似てるねって言えば、向こうも気分いいじゃない」

「なるほど。今まで女子を女忍者とか修道女とか若武者風とか認識してました」

「それは……今まで本人に言わなくてよかったかもね」

「危なっかしいってより、コスプレ好きの危ない奴みたいだ」

遠野がしみじみうなずく。うーん、と南多も苦笑いしながら言った。

「シスターは理解できなくもないけど、女忍者や若武者はかなりマニアックだよね。さすがに、そういうコスチューム置いてるショップは知らないなあ」

「だいたい芸能人を知らなくてアナウンサーは知ってるって、湯川はどこのおっさんだよ」

そういうんじゃなくて、という俺の主張は届かず、遠野は言いたいことを言い、南多は俺の肩に手を置いて優しい声を出した。

「早いうちに練習とか恥ずかしい思いはたくさんしておいた方がいいと思うよ。ゲームだと思えばいいんだよ。どんな相手だろうと、とりあえず女の人ならレディファースト、さらにお姫様みたいに扱ってあげて、花をプレゼントして愛を語る。クサいセリフも堂々と言えば怖くない」

そう言い切って、ニッと笑った。恥ずかしい思いは結構しているつもりだけれど、そのゲームは罰ゲームにしか思えない。

「それは……南多さんがやればサマになるけど、俺達そういうのは無理だと思う」

「ダメダメ、もっといろいろトライして青春を堪能しなきゃ変な思い出ばっかりになるよ。みんな失敗しながら大人になるんだからさ」

僕だって失敗はあるんだよ、と付け加えて南多が足を組み替えた。「むしろそっちに興味があります」と二人で身を乗り出す。失敗した話はちょっと聞いてみたい。

「失敗っていうか……僕ってなぜか、なんでもできて、なんでも知ってて、なんでも持ってるように見えるみたいでさ。女の子達の夢を壊すのも悪いから、空気読んで、できないこともできるって言っちゃったり、ないものをあるって言って、あとから無理やり都合つけたり、どうにかして調達したりで大変なんだよ。以前、それでポルシェを借りなきゃならなくなったりもしたよ」

女の子には内緒だよ、と南多がウインクしながら笑った。どういう空気でそんな事態に陥ったかは知らないけれど、ちょっとだけ気持ちは解る。つい調子に乗って本当のことが言えなくなるのはよくあるものだ。でもこの人はそこをなんとか都合をつけたり調達してしまえるのがすごい。遠野もスケールは違えど思い当たることはあるのか、空を見ながら言った。

「ポルシェはともかく、俺も顔の見えない相手にならら、スポーツ得意で腹筋割れてるとか言ったことあります」

「そういや俺もあるな。普段を知らない相手の前でだけ、好青年キャラで通したりとか。ポルシェはないけど」

遠野に続いて言うと、「やっぱりみんなあるんだねー」と嬉しそうに南多がうなずいた。だからポルシェはないって話なんだけれど、南多はノリノリで話を続ける。

「話盛っちゃうのは仕方ないよね。僕も高校の頃、付き合ってた女の子に『自分は社長の息子で、すでにいくつか自社商品の開発に携わっていて、本当は後を継ぎたくないけど、君のためなら会社を継いでもいい、だから僕についておいで』って言ったことがあるんだ」

「うわあ。それはすごいかも」

話を盛るとか盛らないとかのレベルではないし、そんなセリフを言われてしまった女の子もすごい。遠野が驚きながらも感心したような声を出した。

「もうそれ詐欺師のセリフです。女の子にカッコつけてる高校生のレベルじゃない」

「うん、さすがに相手に引かれたね、あれは。……遠野君はどうなのさ」

「間違い電話相手に嘘八百ついたことならあります」

「ちょっ、なにそれ詳しく聞きたい」

思わず身を乗り出し、両手で頬杖をついて続きを促す。南多も目をキラキラさせて話の続きを待つ。遠野は眠たそうな目を一瞬閉じて、仕方なさそうに話しだした。

「だから、スポーツ得意だとか腹筋割れてるみたいな話だって。ずいぶん前に、女の子が泣きながら『サクラさんのお宅ですか』って間違い電話かけてきたから、違うって教えるついでに『サクラさんはいないけど、桜の花なら庭に咲いてるからもう泣かないで』みたいなことを言って慰めた」

「うはははは。なんてジェントルなセリフ。遠野やるじゃん」

当時の遠野を想像すると笑ってしまう。南多は「僕なら会う約束するよ」と真顔で呟く。

それぞれの反応の違いを冷やかな目で見ていた遠野が聞いた。

「湯川は何をやらかしたんだ」

「やらかしてはないけど、久しぶりに会った女の子に、『夢か幻だと思ってたけど、幻じゃなかった。君はいたんだね』って好青年風に思いを語ったことならあるよ」

「……好青年風か？」

遠野が顔をしかめる。慰めるように南多が言った。

「中学生くらいまでは仕方ないよ。女子だって霊が見えるとか、前世の記憶があるとか、植物と話ができるとかって言う子いたじゃない？　まあ、そういう子とも付き合うけどね」

「みんな似たような経験あるんだなあ、安心した」

「南多さんのとお前のそれを一緒にするのは、いろいろ危険だと思う」

遠野が冷静に警告する。そうだね、詐欺師と好青年を一緒にするのは危険だね。

不意に突風が吹いた。また風が強くなってきたらしい。そろそろお開きかな、と上着を着る。遠野がバッグを肩にかけようとすると、南多が手招きした。

「ちょっと見せてよ。僕もそのバッグ気に入ったんだ。どんな感じ？」

「どんな感じって、なんでも放り込めるから楽ですけど」

遠野が紺色のバッグを手渡すと、南多は肩にかけてみたり、表から内側までごそごそと観察したりしている。いい品なのだろうか。山の動物が温泉に集まるように、このバッグに不思議な魅力があって、みんな寄ってきているのか。そんなわけはない。

「結構いいよね、これ。これだけ大きいとなんでも入るから、知らないうちに覚えのないものが入ってたりすることってなかった？」

「近所の猫が入ろうとしてきたことならあります」

「そういうんじゃなくて……やっぱり、なかなかいいね。これなら確かに、女の子もかっこいい感じに使えるし。でも、背の低い子に持たせるにはちょっと気の毒だね」

うんいいねえ、と呟きながら、念入りに南多が遠野のバッグをいじり回す。不思議そうに遠野が聞いた。

「あの、なんの話ですか？」

「いやいや、荷物によっては仕方ないけどね。まあ僕なら、あの子にこのバッグ貸すより、普通に手を貸してあげるけど」

「いえ……こんなもん貸しませんが」

「またまたぁ」

南多がにやりと遠野を見る。あの子ってやっぱり、篠原のことだろうか。

「誤解ですよ。話したこともないです」

「そんなはずないでしょ」

うすく笑いながらも南多は追及してくる。遠野がしらばっくれているのか、南多が勘違いしているのか。南多と篠原は今朝も話していたし、二人の間に誤解がないなら、遠野が誰かと間違われている可能性もある。

本当のところは解らないけど、遠野が知られたくない事情があるなら、ここは遠野を助けるべきか。

「南多さん、遠野をあまり追及しないであげてください、いろいろあるみたいですから」

「ああごめん、ちょっと気になって。気を悪くしたかな？」

名残惜しそうに南多がバッグを返すと、「そういうことではないんですけど」と遠野が困ったように言った。

あまりこの話を長引かせない方がいいような気がして、二人分のトレイを片付け始める。南多も立ち上がり、『またね』と手を振りながらウインクして去っていった。

「さっきのはなんのフォローだったんだ？」

帰り道、遠野が真面目な顔で聞いてきた。いろいろあるみたいですから、と言ったのが気にくわなかったらしい。

「あのさ、ひょっとしたら南多さんって、篠原に興味があるんじゃないかな。だから混乱させようとして、変な探り入れてるだけかもしれないよ?」

「どういう話だ?」

「あの人、今朝も篠原つかまえて一生懸命話しかけてたし。気をつけた方がいいかも」

あんまり踏み込んだお節介は言いたくなかったが仕方ない。今朝も南多が、話しながらさりげなく篠原にぐぐっと接近していたのを思い出す。

「気をつけるって、俺がどう気をつけるんだ?」

「もう、言わせないでほしいな。あの人が篠原と遠野の隠された仲を嫉妬してるって話」

「本当に違うって。南多さんがどうしてあんな勘違いをしてるのか、こっちが知りたい」

遠野が真剣な表情で言う。しらばっくれてるわけではないらしい。じゃあ篠原って何者?と、あらためて尋ねると、遠野はそっけなく答えた。

「中学二年の頃のクラスメイト」

「それは前にも聞いたよ」

「それ以外になんの関係もないんだよ。俺だって、篠原に限らず女子と仲良くなかったし、さらに人と話ができない篠原と絡みようがないだろ」

俺だって、という部分に思うところはあるが、女子と仲良くなかった、と堂々と言い切る遠野に男気を感じながらも追及する。

「そしたら、言葉は交わさなくてもフォークダンスで楽しく手を繋いだり、給食当番で重い缶を黙って持ってあげたり、言葉もないまま惹かれあったり、言葉にならない思い出なんかを隠してる可能性について、ねちねちと遠野を追及していいのかな？」

「構わないけど、そこまで暇じゃなかったぞ。篠原は中二の春に転校してきたんだよ。自己紹介の時から、声が出ないんだか話ができないんだかで、泣きそうな顔してたのは覚えてる。そのあとに言葉のいらない思い出ってのをつくったとしても、どうしてあの人に勘違いされてるのか、解らないいんだ。隠れた可能性を追求するなら、どうしてあの二人がそれぞれ絡んでくるのか、ついでに教えてくれ」

「そう言われると返す言葉もないんだけど、篠原は遠野に関心があるんだと思う。遠野のバッグに、かもしれないけどさ。実は、さっきも遠野のバッグを覗いてたように見えたんだよね。だから一応、なくなってる物はないかって聞いたんだけど」

　覗いていたというより漁っていたという方が正しい気がするが、なるべく不穏な言葉は避けるべきだろう。

「南多さんも妙に気にしてるみたいだったな。匂うのか？」

　そう言って遠野はバッグに顔を近付け、ペッパーみたいに鼻をくんくん鳴らしてみせた。大きいのをいいことに適当に荷物を放り込んでいるせいで、紺色のバッグの中は福袋とか闇鍋みたいなことになっている。南多でなくても、バッグに余計な物が入っていないか追及したい気分ではある。

　遠野のアパートに着いてドアを開けると、ペッパーが嬉しそうに尻尾を振って俺を出迎えてくれた。その歓迎っぷりに遠野が嫉妬する。

「なんだ、今日もジャーキーの匂いがするのか」

「ペッパーは人を見る目があるから、俺の魅力に気付いてくれてるんだと思うけど。……おいでペッパー」

手招きすると、大きな黒い犬は嬉しそうに玄関の外へ出てきて、おとなしく撫でられながらも飼い主のいる方向に耳をそばだてている。ペッパーを繋ぐ赤いリードを持って待っていると、靴を履き替えた遠野がアパートの鍵を閉めながら言った。

「ペッパーは俺の愛した女だぞ。相思相愛なんだから湯川には渡さない」

「ふーん、相思相愛だかなんだか知らないけど、人の心なんて移ろうものだっていうのが俺の持論だけど」

「残念ながら、こいつは人じゃないからな」

そう言って、遠野は赤いリードを右手で引ったくった。

おかしなお菓子

水曜日は朝から時間が空いた。噂《うわさ》には聞いていたけれど、いきなり休講って本当にあるんだな、となんとなく感動する。せっかくだからとペッパーの散歩をする遠野に付き合い、のんびりとキャンパスを歩く。ペッパーを連れて堂々と正門辺りをうろつくのは気が引けたので、一般の人達も散歩コースとして利用している南門から中庭を歩いた。犬を連れて歩いている人は他にもいて、女の人に連れられた小さな白い犬がキャンキャンとこっちに向かって吠えながら通り過ぎた。

「ペッパーって、優秀なんだな」

比べるのは失礼だと思いながらも感心してしまう。ペッパーは吠えないし、他の犬にも絡まない。家以外でトイレもしないし、飼い主を引っ張って歩くこともない。遠野が右と言えば右に曲がり、止まれと言えばぴたりと止まる。大きい犬は飼うのが大変そうだけど、ペッパーとなら楽しく過ごせそうな気がする。

「頭がいいだけじゃなくて性格もいいんだ。可愛いし優しいし、うるさくなくてわがままじゃない」

どうだ羨ましいだろう、というように遠野がにやりとする。人間の話じゃないところが非常に残念だが、確かに理想的ではある。何気なく顔を上げたペッパーの頭に手をやって、遠野は続けた。

「気になるものがあると、あっちに行ってもいいかって俺に伝えてくるんだ。あの時も、それで手を離したら、その先に湯川がいた」

「もう知らない変な匂いについてっちゃダメだぞ」と遠野がペッパーに言い聞かせているのを横取りして、「んもう、ペッパーは可愛いなあ」と頬ずりをした。遠野がリードを引いてペッパーを離す。ペッパーは嫌がってなかったのだから、嫉妬はよくない。

中庭の木立を抜けてグラウンドに出る。空は相変わらず明るめの曇天だった。ぐるりと構内を一周して、裏手から南門へ戻る。風も落ち着いている。この時間ならペッパーがいても迷惑にならないだろ、と遠野がクラーニヒでの休憩を提案した。

「先客だね」

くぬぎのそばのテーブルでは、篠原がシナモンロールをちぎりながらゆっくりと食べていた。その傍らには、千鶴さんがサービスしてくれた紅茶が湯気を立てている。

篠原は、俺達が近付いても気が付いていなかった。深刻そうな顔で考え事をしているのか、シナモンロールをちぎる手が時折止まる。遠野が呟いた。

「もの考えながら食べると消化に悪いだろうに」

物憂げな雰囲気に、我らペッパーご一行様がお邪魔するのもどうかと俺が迷っていると、遠野は隣のテーブルにバッグを置いて、ペッパーのリードを鉄製の椅子に軽く結んだ。待てと言えばそのまま待てる子なのだけれど、大きな黒い犬が繋がれていない状態だと周りがびっくりしてしまうらしい。

隣をちらりと見る。篠原は、まだ深刻な顔で遠くを見つめていた。遠野に小声で聞く。

「篠原とバッグを一緒にしといて大丈夫かな」

「あえて様子を見る。俺は一度も目撃してないからな。妙な動きがあったらこの際、質問してみる」

遠野も小声で答えると、ペッパーをひと撫でして店内へ向かった。遠野に続いて店内に入り、奥にいるらしい千鶴さんに「おはようございます」と声をかける。

「おはようございます」と千鶴さんが奥から手を振った。焼く前のパン生地が載った重そうな鉄板を運び、焼き上がったパンが載った鉄板を持って戻ってくる。

「意外と力持ちなんですね」

思わず感心して言うと、千鶴さんは少しだけ誇らしげに笑った。

「ふふ、パン屋さんはみんな力持ちですよ」

「今日はペッパーも一緒なんですけど、大丈夫ですか」

申し訳なさそうに遠野が聞くと、「どうぞどうぞ」と千鶴さんは嬉しそうに言った。食べてみたかった焼きたての餡パンをトレイに取る。遠野はチーズとサーモンのサンドウィッチを手に取り、ふと思い出したように外を見た。つられて一緒に外を見る。

深刻そうな顔で遠くを見ていた篠原は、ふとペッパーと目が合ったのか、驚いたように大きな目をさらに見開いた。今まで気が付いていなかったらしい。険しかった篠原の表情が、ほんのり緩む。小さい篠原にとって、大きい犬は怖くないのだろうか？　そう思っているうちに、篠原は席を立ってペッパーに近付いた。

「今日はバッグじゃなくて、ペッパーに行ったか」

ふむ、と思わず唸《うな》る。失礼ながら、野生動物を観察しているような気分になる。遠野も珍しそうに言った。

「篠原がより小さく見えるような、ペッパーがより大きく見えるような」

「会話してますよ」

気が付くと隣で千鶴さんも興味深げに外を見ている。ペッパーと触れ合う篠原は、丸顔で小柄なせいもあって、か弱い小動物のようだった。相手をしているペッパーも、どこか優しげな表情で篠原の大きな目をじっと見ている。

篠原はかがんで、お座りをしているペッパーに話しかけていた。そのたびにペッパーが右手や左手を上げる。両手を差し出すと、律義にもペッパーは両手を篠原の手に乗せた。

会計を済ませて、千鶴さんがサービスしてくれた紅茶をトレイに載せて外へ出た。恋人達のように手を取り合ったままの篠原とペッパーに近付くと、遠野もさすがに気まずいのか、右手にトレイ、左手をポケットに突っ込んだまま立ち止まってしまった。

はっと気付いた篠原が、あせったように慌てて立ち上がる。真っ赤な顔で申し訳なさそうに、「ごめんなさい」と囁くような声で言った。本当に大きな声は出ないらしい。

「いや……」

答えようのない顔で遠野がトレイをテーブルに下ろしながら、一瞬ちらりとペッパーを見た。バランスを崩して、右手のトレイが大きく揺らぐ。篠原は弾かれたようにすっと間合いを詰めて手を伸ばし、遠野の傾いたトレイと倒しかけたカップをキャッチした。その動きの速さに驚く。

「……悪い」

遠野も少しばつが悪いような顔をして、席に座る。きっかけがあればバッグについて問いただそうと思っていたはずなのに、どうにもならない雰囲気のまま俺も座った。篠原は俺や遠野の顔を見て、少し考えてから自分の席に戻る。

「篠原さん、素早いんですね」

真後ろから声がして、三人ともびっくりする。振り向くと、やっぱり千鶴さんが立っていた。十分この人も素早いと思う。おまけに時々、気配がないから困る。

千鶴さんは三人に小さなサラダを配ってくれた。篠原は恐縮しながらも囁くような声でお礼を言い、「どうして私の名前を知ってるんですか?」と不思議そうに尋ねた。千鶴さんはなんでもないことのように答える。

「さっき、遠野君達がそう言っていたので」

ちょっと待て、と心で叫びながら遠野と二人で固まる。篠原もフォークを持つ手を止めて反応に困っている。なんとなく思った。千鶴さん、たぶんわざとやってる。

「遠野君、ペッパーにお水をあげていいですか」

じっと見ている俺と遠野の視線を無視して、千鶴さんはにこやかに聞いた。「あ、はい」とうなずいた遠野は、とりあえずもっしゃもっしゃとサラダを食べ始める。千鶴さんは水の入った犬用の器を持ってくると、ペッパーの目の前にそれを置いた。

「篠原さん、ペッパーが怖くないんですか」

水を飲むペッパーを見ながら、千鶴さんがのんびりと聞く。篠原は小さくうなずいて、聞こえるか聞こえないかの囁き声で、「犬は好きです」と答えた。辛うじてサ行は聞こえやすい。思わず会話に参加する。

「まあ、ペッパーはいい子だから怖いことなんてないしね」

こうなったらもう、ついでに聞いてみるのもありなんじゃないか。俺達がさっき、篠原の話をしてたっていう事実が変なふうに誤解されないためにも。

「篠原さんって、遠野と中学校同じなんだって？　遠野のことって覚えてる？」

とまどうような顔をしながらも、こっちを向いて篠原はうなずいた。囁くような声だけど、受け答えはしっかりしていた。

「二年で、クラスが同じでした」

「そうなんだー」と、なんとなく和やかな空気をつくろうと努める。それでも懐かしがって盛り上がる気配はない。遠野もこんなんだし、千鶴さんも店の中へと戻ってしまった。

ペッパーが水を飲む音だけが響くなか、篠原が突然、小さな声で遠野に問いかけた。

「あの、最近、見覚えのない物がバッグに入ってたことってありませんか」

「なくなった物じゃなくて？」

思わず横から聞き返すと、篠原が真面目な顔でうなずく。遠野は表情を変えずに言った。

「どっちもない。何か探してるのか」

いえ、と篠原は申し訳なさそうにうつむく。この様子だと、遠野のバッグに恥ずかしいものが入ってしまった可能性も捨てきれない。なんだか追及しづらくなって、黙ったまま三人で紅茶を飲んだ。ペッパーだけがごきげんで、尻尾をぱたぱたと振っている。

「まあそれより皆さん、こちらも受け取っていただけますか」

またもや瞬間移動した千鶴さんが、真後ろに現れた。その手には大きめの紙袋がある。三人で覗き込むと、どこか懐かしい一口ゼリーや色セロハンに包まれたラムネ、個包装されたおかきや和菓子、一口モナカやイチゴミルクキャンディなんかがぎっしりと入っている。顔を上げて「なんですか、これ」と千鶴さんを見た。

「お菓子です。受け取ってもらえないでしょうか」

お菓子なのは三人とも解っている。千鶴さんはバレンタインデーの日の女の子みたいに、モナカやゼリーが入った紙袋を差し出して、みんなの顔を見た。

千鶴さんの熱い視線に耐えかねたのか、「ええと」と篠原が言いよどむ。千鶴さんが慌てて篠原に名乗った。

「失礼しました。知らない人からお菓子をもらえないですよね。私は小岩《こいわ》千鶴と申します。篠原さんの下のお名前を伺ってもいいですか」

篠原は混乱したような様子のまま、テーブルに指でくるくると漢字を書いてみせ、「ユキコです」とかすれるような声で言った。千鶴さんが嬉しそうにうなずく。

「夕暮れに貴い、と書いて夕貴子《ゆきこ》さんですね。私のことは千鶴って呼んでください。千に鶴で、ちづるです」

他に千鶴ってどう書くんだと思いながら成りゆきを見守る。篠原は漢字の問題よりも、年上の人にいきなり名前で呼んでくださいなんて言われて戸惑っているようだった。それは普通の感覚だから大切にしてほしい、と思いながら頬杖をついて眺めていると、千鶴さんはなぜかこっちを見ながら、にっこりと続けた。

「湯川君なんて、初対面でいきなり千鶴って呼んでくれましたよ」

頬杖から、がたっと顎《あご》が落ちる。ちょっと待った千鶴さん、と慌てて反論した。

「千鶴さん、それじゃ俺が初対面でいきなり馴れ馴れしく女の人の名前を呼び捨てにする、ふてぶてしい男みたいじゃないですか。違うから！　名字も知らなくて、遠野がそう呼んでたから俺も普通にさん付けで呼んだだけだから！」

後半は篠原に向かって力説する。篠原が少しだけ顔を赤くして笑った。遠野は肩を震わせて、くっくっと笑っている。少し憮然《ぶぜん》として紙袋に話を戻した。

「それよりどうしたんですか、これ」

「これはその……時々、餡パンとか硬くないパンなんかを近くのお年寄りのお家に持っていくんですが、かえってお返しをいただいてしまうんです。トマトや苺はともかく、こういったお菓子はどうしたらいいか解らなくて」

パンの具にするわけにもいきませんし、と千鶴さんが困ったように肩をすくめる。篠原はお菓子に交じった乾燥剤をむにむにと揉みながらも、思い詰めた表情で話を聞いていた。袋をじっと眺めて、小さくも真剣な声で言う。

「すみません、よかったら私にいただけませんか」

「えええ？」

思わず大きな声が出る。驚いた篠原が、「あ、食べますか」と気遣うように俺を見た。慌てて両手を振って否定する。

「いやいや、どうぞどうぞ。さすがにモナカとか餡子玉みたいなのはちょっと」

「千鶴さんの餡パンのほうがおいしいしな」

遠野がさりげなく高得点がもらえそうな発言をする。千鶴さんは嬉しそうに、「餡パンおいしいですよね」とお菓子の袋を篠原に渡した。

「ありがとうございます」と篠原は深く頭を下げ、自分のトレイを片付けるついでに男子二人のテーブルの上も素早く片付けてくれた。感心したように微笑む千鶴さんに、篠原はもう一度頭を下げてお礼を言い、お菓子を抱えて駆けていった。

「可愛いですね」と篠原を眺める千鶴さんの隣で、「よく走るなあ」と感心する。俺達はいつものんびり歩いていて、篠原が風のように走っていく。そんな状況が何度かあった。

千鶴さんにお礼を言い、俺達も引き揚げることにした。これから講義なので、ペッパーをいったん連れて帰らないといけない。

「とりあえず悪い人でもなさそうだね、篠原って」

「走り回ってて忙しそうなのはよく解った」

「確かに、朝から用もなくのんびり歩いてる俺達がヒマ人みたいに思えてくるね」

「俺は違うからな。ペッパーの散歩だからな」

遠野がペッパーごと庇《かば》うように言った。一人だけヒマ人にならないよう反論する。

「こっちも暇つぶしでうろうろしてるわけじゃない。二度とない青春時代を過ごす学び舎《や》を、よりよく知るために歩いてるんだよ。どんな理念に基づいて創立されたのか。どんな設備が整っていて、学食にどんなメニューがあるのか。近くのパン屋のお姉さんは何歳で、常連の連れてくる黒い犬の名前はどうしてペッパーなのか」

「そりゃ忙しそうだな」と、どうでもよさそうに遠野がペッパーの首をさくさくと掻《か》いた。

無視すんなよ、とじっと遠野を睨んでいると、ため息混じりに遠野が言った。

「犬を飼うことになっていろいろ見に行ったんだけど、会った犬の中で一番元気で、一番気に入ったのがこいつだった。初めて会った時、ぴょんぴょん跳ね回ってた黒い子犬が俺に近付いてきてさ、じーっと俺だけを見るんだよ。他にも老若男女、客はいたのに。それでなんとなく、たぶんこいつは俺の味方なんだって思った」

「……ちょっと解るような気がする。でも、なんでペッパーなの？」

「何が悪かったのか、帰ってから俺、妙にくしゃみが止まらなくなってさ。犬はあんまりよくないんじゃないかって親が言い始めたから、『胡椒こぼしたせいだから』って台所の胡椒をわざとこぼして話を通した」

「うわあ。困った子供だったんだ」

薄笑いしてそう言うと、遠野はちょっと間を置いてから、「まあね」と普通に答えた。

アパートに到着すると、遠野は玄関でペッパーの足をタオルで拭き、赤いリードを首輪から外した。

「ペッパーって名前つけたのって親？」

「……俺がつけたんだよ」

遠野は少し申し訳なさそうにペッパーを見ると、「よし、留守番してろ」とペッパーの頭を撫でる。ペッパーは律義にも尻尾をぱたぱたと振ってみせた。「またね、ペッパー」と声をかけて手を振ると、ちゃんと俺にも嬉しそうに尻尾を振ってくれる。

「それにしても胡椒か」

「大昔は金銀に匹敵する価値があった」

他人事のように言いながら、遠野がいつものトートバッグを右肩にかけて外に出る。ドアを閉めて鍵をかけると、再びのんびりと歩きだした。

「でも女の子だよね」

「それは忘れてたんだよ、元気すぎて」

黒き乙女、その名はペッパー。乙女であることを忘れていた遠野に付き従い、日中は主に留守を守る。健気だな。

大学に戻ると、篠原が中央棟の前で南多と話しているのが見えた。ちょっと面白そうな光景なのに、遠野は学生課に行っているので今ここにいない。仕方なく一人で遠くから見物する。

話すのが苦手な女子と、女子にどんな恥ずかしいことでも言えてしまう男のやり取り。南多の真の実力を見せてもらおうと、近付いて物陰から見守った。

南多はナチュラルなしぐさで髪をかき上げたり、篠原に流し目を送ったりしている。絵になっているようにも見えるし、いやらしいようにも見える。目の前にいるはずの篠原は、いちいちそういう所作を見ていないのか、それともどうでもいいのか、淡々とした顔で持っていた紙袋を南多に手渡した。っていうか篠原、何してるの？

会話を聞きたくてさらに近付き、様子を窺う。篠原は目を伏せて、南多を見ないようにしながら喋っている。風の音と、声が小さいので聞こえない。

「……何があったの？」

かろうじて南多の声が聞こえた。篠原は真剣な様子で話している。時折通り抜ける強い風に篠原が大きな目を細めると、南多は顔を寄せながら甘い声を出した。

「でも、僕の力になってくれてありがとう。近いうちにお礼させてほしいな」

篠原は顔を伏せたまま手を振る。『いえ、そんな』か『勘弁してください』なのか解らないけれど、南多はニッと笑った。

「今度は僕が君の力になるよ。遠慮しないで」

南多が片手を差し出した。ものすごく困っているように見えて仕方ないけれど、篠原は迷った末に一応その手を取って握手する。二人にはなんらかの事情があって、それが遠野のバッグに関連しているのだろうとは思う。でも結局、なんだったのかよく解らなかった。

午前の講義が終わり、教会の鐘みたいなチャイムを聞きながら、遠野と昼食の相談をする。クラーニヒには今朝お世話になったので、学生食堂へ行くことになった。

混雑する学食前でメニューのサンプルを眺める。高校の学食より高級なラインナップに改めて感動しながら券売機で食券を買い、フライやサラダが載ったトレイを受け取って空席を探す。ものすごく広いのに、ものすごく混雑している食堂で二人分の席を確保すると、まだ料理を待っている遠野に手を振って合図した。

一息ついた頃にやってきた遠野は、自分のトレイをテーブルに置いてから俺のトレイを見る。ライスに味噌汁、大皿の上にはトマトとマカロニサラダ、千切りキャベツの上には海老フライが三本。遠野のトレイには味噌汁とおむすびが二つ載っているだけだった。

「結構食べるんだな」

「遠野が小食なんだよ。食べ盛りの大学生なんて、こんなもんだと思うよ」

「そういうものか」とおむすびに手を伸ばす遠野の向かいで手を合わせ、おもむろに割り箸を割った。いただきます、と揚げたての海老フライを食べ始める。高校時代は、学食があっても弁当を持たされていたので、こういうのは嬉しい。

「嫌いじゃないけど、クラーニヒに慣れると落ち着かないな」

キャベツの千切りを咀嚼しながら、まわりを見渡して言った。ざわざわと賑やかな学食。こんなところで昼間っから盛り上がってる十人以上の集団もある。

「二千人近い集団で食事するって、考えてみればすごいことかもな」

遠野は他人事のように言いながら味噌汁のお椀を右手で摑むと、ごくごくと飲み干した。あのなあ、と行儀の悪さにツッコむべきか考えていると、まさかの南多が近付いてきた。

「お疲れ。今日はこっちでランチなんだね」

大学の施設内ということもあって、クラーニヒで会う時より彼が先輩であることを意識してしまう。とりあえず挨拶をして、空いた隣の席を南多に勧める。ありがとう、と優雅な動きで食堂の椅子に座る南多に、肩をすくめて言った。

「学食って、まだ慣れなくて落ち着かないです」

「わかるよ。僕もイマイチなショップに入ると浮いちゃって落ち着かないし」

南多は妙な理解を示し、遠くに座る女子達に手を振る。しまった、さっき南多と篠原が二人で話してたのを遠野にまだ言ってない。

「ちょうどよかった。甘い物とかいらない？」

南多は持っていた紙袋をテーブルに置いた。見覚えのある袋の中身は、一口ゼリーやラムネ、おかきにモナカという、どう見ても篠原が持っていたはずのお菓子だった。

「これって」

千鶴さんの、と言いかけたところで、眠そうな目を一瞬鋭く開いた遠野が無言で制してくる。遠野はじっと、〝おばあちゃんの茶菓子セット〟を眺めると、また眠そうな目に戻って聞いた。

「これ、どうしたんですか」

「うん、ちょっとね」

南多は困ったように笑いながら、テーブルに肘をついた。遠野は左手をポケットに入れたまま、右手で石灰入りの白い乾燥剤やシリカゲルの透明な小袋なんかをつまみ上げては観察している。そして考えるような顔をして言った。

「もらい物ですか」

「そうなんだ。よかったら食べようよ」

手を出さないわけにはいかないと判断したのか、遠野がべっこう飴を懐かしそうに見た。ポケットから左手を出して、透明な包装紙の端を指でそっと押さえると、右手できゅっと引っ張りながら言った。

「五角形の方だな」

「あー、きれいだよね、透き通ってて」

飴のことか、とちょっと遅れて反応する。遠野の手元を見ると、弾丸みたいな形のべっこう飴がきらりと光っていた。それはきれいな黄色いガラスみたいに透き通って、よく見るとその頭かお尻か知らないけれど、底の形が五角形になっている。

遠野は妙に目を輝かせながら飴を口に入れて言った。

「このタイプのべっこう飴って二種類あってさ、関東の会社が出してるやつは底が五角形で丸みがあって、色味が若干濃いんだよ。関西のほうは色味が薄くて、気持ち透明度が高く見える。どっちも似た形なんだけどさ、四角形のほうはエッジが鋭くて、反射の出方が違って少しだけキラキラして見える」

そう言って遠野は、珍しくちゃんと開いた目をキラキラさせた。

「味の違いはあるの？」

「いや、それは解らない。大事なのは見た目だし」

「そうか。遠野、さらっと言ってるけど、人間相手の話ならヤバいよ」

上から目線っぽく言って、俺はにやりと笑う。「特に女の子」と、南多もうなずきながら続ける。

「見た目は大事だけどね。そこは女の子も気にしてるはずだから、どう見られたがってるかを察してあげて、優しく同調してれば普通にモテるよ」

「普通の人はそこまでするのが苦行です」

そう言いつつも、気になることは別にあった。

千鶴さん発の篠原経由で、なんで南多にこのお菓子があるのか。篠原がわざわざ千鶴さんからもらって、すぐに南多に渡すのも妙だし、この様子だと、南多の好物ってわけでもなさそうだ。

「それにしても、男が三人で甘いもの囲んでるのは、ちょっとアレですけど、南多さん、これ女の人から貰ったんじゃないですか」

「まあね。たまたまなんだけど」

南多は、ちょっと複雑そうな顔をする。女の人からであることは認めても、篠原からであることを話す気はなさそうだった。何も知らないような顔をして追撃してみる。

「でも南多さんって、いつもいい服着ててお洒落ですよね。いつ見ても違う時計とかバッグを持ってるし、女の人からのプレゼントだったりするのも多いんじゃないですか。年上からも人気あるんでしょう？」

「そんなことないよ、普通だって」

やめてよもう、と否定しながらも、南多はすこぶる嬉しそうに足を組み直したり髪をかき上げたりしている。勢いに任せて核心に触れてみた。

「新入生にも優しいし、人気あるっぽいじゃないですか。あの篠原さんとも仲が良さそうだし、本当はもう付き合ってたりして」

「いやそんな、まだそういうところまではいってないよー。それにもともと遠野君と仲がいいんでしょ？　遠野君は彼女とどこまでいったの？」

照れたように笑いながら南多が尋ねると、遠野は一瞬考えるような顔をした。俺の微妙な意図に気付いたのか気付かないのか、やんわりと空気を読んで慎重に答える。

「どこにも行きませんが……南多さんはどこまでいったんですか」

「いや、僕もどこにも行ってはないいんだけどさ。結構彼女、内気でシャイじゃない？　僕の胸に飛び込んでくるような感じでもないいんだよね。だから遠野君が好きなのかなあって思ったりもしたけど」

「いや、そういう感じでもないですから」

「そうかな？　僕には友人としか言ってなかったけど、バッグ貸し借りするくらいは仲がいいんでしょ？」

ニッと笑って、南多が遠野を指でつんつんとつついた。前もバッグ云々《うんぬん》と言っていたけど、篠原はこの人にどういう説明をしたんだろう。遠野は少し考えると、話を合わせるように軽く笑って答えた。

「……ああ、そう、ですね。でもその程度ですよ。友人っていうより知人です」

「ちょっと変なこと聞くけど、最近、なくなった物とか、逆に見覚えのない物が増えてたりとかなかった？」

「いえ、特にそういうことは」

話を合わせながらも慎重に遠野が答える。南多は少しだけ神妙な顔をして言った。

「彼女が、僕の物を隠している可能性があるんだけど、心当たりないかな？」

「隠しているって、何をですか」

遠野が目を開いて聞く。そもそも物を隠されるって、どういう付き合い方をしているのだろうか、南多は。

「僕のっていうか、人から預かった細々したいろいろっていうか。まあ、彼女には少し、気をつけた方がいいよ」

「……気をつけます。なんにせよ、南多さんが思ってるほど彼女と仲良くないんですよ。むしろ南多さんの方が親しいですから」

「そうかもしれないけどさ。まいったな。まあ、なんとかするけどね」

南多は、ぱちっと音がしそうなほど派手にウインクをキメると、ぴっと伸ばした人差し指と中指を額に当てて、「じゃあね」と去っていった。反応できずに、ぽつりと呟く。

「お菓子、置いていったね」

「頑張った湯川にご褒美じゃないか」

テーブルの上には、おばあちゃん家《ち》にあるみたいなお菓子と乾燥剤が残った。引き取る気なんてまるでない遠野を睨んで、仕方なく紙袋に残りのお菓子を詰め込んで片付ける。もう次の講義が始まる五分前だった。

遠野とバッグの謎について話をする暇もなく、昼休みは終わってしまった。

午後の講義に出たものの、いろいろなことが気になって集中できずにいた。

南多も篠原も、遠野のバカでかいバッグになんの用事があるんだろう？

月曜の病院で、篠原は遠野のバッグに接触した。その直前に走っていたのが南多。本人はなぜか否定していたけれど、その後、クラーニヒでわざわざ絡んできたのは偶然ではないと思うし、遠野のバッグを理由をつけて何度も見たがった。

南多が何かと篠原のことでつついてくるのは、篠原が『友人の遠野からバッグを借りた』と言ったせいだろう。しかし、そんな事実はない。遠野が大きなバッグを肌身離さず持ち歩いてるのを、俺はいつも見ている。

どうして篠原は、そんな嘘をついてるんだ？

二人とも、バッグからなくなった物や、増えてた物はないかと聞いてくる。南多はそれを自分のだと主張して、篠原が隠していると疑っている。篠原は黙っているが、クラーニヒで遠野のバッグを探っていた。今のところ遠野のバッグから消えた物はない。

何かを探しているらしい。二人は、こっそり裏で接触している。とはいえ、親密な関係でもなさそうだった。南多の話を聞くと、篠原の言動は怪しいけれど、南多が怪しくないわけでは決してない。

——どっちかが嘘をついている。

でもなんのために？

アールグレイとアルガさん

講義が終わった帰り道、遠野に、お菓子の袋を渡す篠原を見たことを話した。篠原が遠野のバッグに関心があるのは確かだと思うけど、篠原が接触した後、バッグから何もなくなっていないなら、南多がデタラメを言っている可能性もある。

それなんだけどさ、と黙って聞いていた遠野が少しだけ気まずそうに言った。

「正確には、なくなってたらしい。戻ってきたからプラマイゼロだけど」

「え、どういうこと？」

「俺のバッグに入ってるはずの物が、あの人の持ってきた袋の中に入ってた」

立ち止まり、遠野を見る。あの袋に入っていたお菓子以外の物なんて乾燥剤くらいしかなかったはずだ。遠野は、ポケットから小さなチャック付きのポリ袋を取り出してみせる。

「これが、あの袋の中に紛れて入ってた」

「なにこれ。乾燥剤？」

透明の小さな袋には、白っぽい氷砂糖の破片みたいな物が入っていた。いろんなお菓子がごちゃごちゃと交ざっていて、こんな感じの乾燥剤もいくつかあったけれど、乾燥剤に必ず付いている『食べられません』の文字がない。これは？と遠野の顔を見ると、少し考えるような顔をした。

「石英《せきえい》の原石……の残り。なくなってたらしいけど、なぜか戻ってきた」

「石英？」

「クォーツ、水晶。一応、四月の誕生石でもある。ダイヤモンドの方が一般的だけど」

遠野は教科書を読むように言う。氷砂糖や乾燥剤の親戚くらいにしか見えない。これが水晶？と聞くと、遠野は少しだけ目を大きめに開けて笑った。

「これは欠片《かけら》だよ。ちなみに粉末は珪石《けいせき》として日本画を描く人が使ったり、石英ガラスの原料になったりもする」

「はあ。そもそも遠野のバッグに、どうしてそんなものがあるのか聞きたいところだけど」

「話せば長いからそれはさておき、これは誰が持ってたんだ？」

「だからあれだけなくなってる物はないかって聞いたのに」

思わず母親のような口調になってしまう。遠野も口ごたえする息子のように答えた。

「忘れてたんだから仕方ないだろ。でも、どういうことなんだろうな、これ」

まったく悪びれる様子もなく、遠野は石英の入った袋を見つめた。うーん、と腕を組み、再び歩きだしながら遠野に言う。

「あのお菓子、南多さんはたまたまもらったって言ってたけど、篠原は千鶴さんにお願いしてもらってたよね。南多さんに好意を示すにしても、こんなプレゼントをあえてする意味、ないような気がする」

「さすがに、好意を示すための行動ではないんだろうな。好意じゃないなら嫌がらせか。

毒でも仕込んであったんじゃないだろうな」

「だとしてもさ、あれを全部南多さんが食べるなんて、篠原も思ってないんじゃないかな。『南多さんは、おばあちゃん系のお菓子が好物』って勘違いをしてない限り。好き嫌いはともかく、篠原はあの人にお菓子袋を渡したかったんじゃないか」

「これが関係あるのか」

遠野が不思議そうに小袋を見る。

「南多さんはその石英の袋が目に入ってても、スルーしてたよね。あの人は渋めのお菓子をもらっただけとしか思ってなくない？」

「そんな感じだったな、南多さんは。篠原はどうだろう？　どっちにしろ二人とも、俺のバッグに用があるみたいだ。俺達に言いたくない物がこのバッグに入ってしまって、バッグの持ち主に探りを入れてるってところか。どういう関係かは知らないけど、二人とも、何かを探してる」

「探し物は石英の袋じゃなさそうだね。二人を経由して、ここにあるんだし」

「どうしてこれが、今ここにあるんだろう？　千鶴さんはお菓子をご近所さんからもらってきた。クラーニヒの時点でお菓子袋に石英が混入した可能性もあるけど、俺のバッグから持ち出されたと考えれば、篠原か南多さんのしわざになるな。篠原だとしても、わざわざゼリーやおかきに交ぜて南多さんに渡す意味が解らない。南多さんも、どうして探し物があるならはっきり言わないんだろう。まさか湯川説の『恥ずかしい物』なのか」

笑いながら遠野が小袋をポケットにしまう。だとしても、他人のバッグに入った時点で恥ずかしいだの言ってられないだろう。

「そもそも、あの二人ってどういう関係なのかな。南多さんも俺達の前では疑ってるような発言してるけど、篠原の前では普通にナンパモードに見えたよ」

「やっぱり、病院でのことなんだろうな」

少しだけ険しい顔で、遠野がため息をつく。申し訳ないような気持ちで下を向いた。あの時、俺がぼーっとしていなければ、ここまでややこしくはならなかったかもしれない。

「篠原が『遠野のバッグを借りた』って嘘をついてるのか、南多さんが『篠原がそう言ってた』『人の物を隠した』って嘘をついてるのか。どっちも嘘の可能性もあるんだよね。判断がつかないけど」

「よく喋る人間が嘘吐きかどうかは判断しやすいけど、寡黙な人間が嘘吐きかどうかを判断するのは難しいからな」

「寡黙っていうか、声が小さいっていうか」

声は小さくても、滑舌が悪いわけではない。専門的なことは知らないけれど、声帯とかに問題があるような感じはしない。大声を出すのが面倒なのだろうか。

「話す気がないなら、どっちも同じだろ。逆に南多さんは話したがりなんだろうな。最初はどうして俺達にあんなに話しかけてくるのか不思議だったけど」

「よっぽど二人ともモテなさそうに見えたんだと思った」

「そう思わせておいた方がよさそうだな。与しやすいと思われてる方が楽だ」

遠野が冗談か本気か解らない発言をする。確かに南多って、見た目は整ってるし、妙な存在感があるけど、篠原に限って言えば遠野の方が可能性はあるような気がした。高身長でスタイルもいい。眠そうなまぶたを頑張って開けて、ペッパーにばっかり向けてる優しさを、もう少し人間に向ければ。


遠野の部屋では、いつものようにペッパーが玄関でお座りをしながら待っていた。遠野はバッグを下ろして、入れっぱなしのボールやおもちゃを部屋の奥に投げる。「取ってこなくていいぞ」という遠野の言葉を理解したのか、ペッパーはボールを咥《くわ》えて自分の寝床に持っていき、楽しそうにがぶがぶと遊び始めた。面白いのでまだ投げる物がないかなと、遠野のバッグを覗いてみる。

「今日もいろいろとすごいな」

「面倒だからとりあえず入れる癖がついた。きれい好きだから」

「だったらバッグの中身もなんとかすればいいのに」

呆れたように言いながら、なぜか入っている色鉛筆だのピンセットだのを手に取る。夏休みの自由研究セットか、と嫌みを言いかけて手を止めた。バッグの奥に追いやられた使いかけのポケットティッシュの隙間に、きらりと光るものが見える。

「これも四月の誕生石ってやつ？」

「なんだそれ」

　取り出して遠野に見せる。それは銀色で五センチくらいの、蝶の形をしたブローチだった。小さいけれど作りは細かくて、透かし彫りみたいな羽根の模様に、木の葉形のダイヤっぽい石が沿うように配置されている。二つほど石が取れた跡があるけれど、周りの小さな粒々もあって全体がキラキラと光って見えた。

「俺のじゃない」

　高価な物だと思ったのか、少しだけ遠野の顔は青ざめている。そういえば、と昨日見た光景を思い出した。

「昨日、篠原が遠野のバッグを探ってた時、ちらっと何かが光って見えたんだよ。でも、あんまり若い人向けっぽくないよね、これ」

　昔、小学校の卒業式で、おばちゃん先生の胸元にあったブローチに雰囲気が似ていた。手のひらの上で転がすと、外れていた留め金の針が指にちくりと当たる。裏を見ると、小さく『Pt950』と刻印が入っていた。深刻な顔で考え込んでいた遠野は、篠原のか、と少しだけ安心したように息を吐いた。

「よかった、俺が間違って持ってきたんじゃないよな。でも確かに、篠原のにしては古いデザインだな」

　遠野は玄関の照明をつけて、バッグの中から銀色の機械部品みたいなものを取り出した。体育教師が使うホイッスルにも見えたそれは、折りたたみ式というか、繰り出し式のルーぺらしい。遠野はブローチを左手でそっとつまんで持つと、レンズを右目に固定するように近付けて、左手の蝶を覗き込む。

「なんかそれ、かっこいいな」

「ドイツの光学機器メーカーのルーペだよ。今ならネットで一万二千円。それより、二人が探してるのって、これだったりするのか？」

「だとしたら、南多さんが人から預かってたブローチを篠原が隠して、遠野のバッグに落としたってこと？」

「とにかく、一応確認しないと。ちょっとアルガさんに見せてみよう」

ルーペから目を離した遠野は、石英が入っていた袋と同じ透明なチャック付きの袋を持ってきてブローチを入れ、バッグにしまった。

「アルガさん？　確認？」

「俺が間違って持ってきた物かもしれないからな。湯川も来るか？」

とりあえず、うなずく。アルガさんというのが、どこの国の人かも解らないけれど。

外出の気配を察知して駆け付けたペッパーにリードをつけると、再び玄関のドアを開けて空を見た。湿った風が吹き込んでくる。雲が重い。

「雨が降りそうだけど、ペッパー平気？」

「本人がその気だから仕方がない」

諦めたように遠野が言う。ペッパーは空模様なんか気にもせず尻尾を振っていた。

時折、ぽつりと雨粒が顔に当たる。遠野とペッパーの歩くまま、まだよく知らない白根沢の通りを歩いた。

今までは駅から大学、あとは病院とクラーニヒくらいしか知らなかった。やっと覚えた遠野の部屋を遠ざかり、線路沿いを少し歩いて下る。その角に『宝飾工房 有賀堂』と書かれた看板と建物が見えた。紺色のクラウンが停まっている店の前まで来ると、遠野はペッパーを店の外に繋いで、待つように指示した。

「おはようございます」と入っていく遠野に続き、「失礼します」と店内を覗く。躊躇《ちゅうちょ》していると、遠野が手招きするので店内へ進み、「お邪魔します」と、お辞儀をする。

店内では、向かい合った応接椅子で二人の男性が話していた。ネクタイを締めて白衣を着た線の細い真面目そうな男の人と、紫がかった色のシャツを着た恰幅《かっぷく》のいい男の人。金色の腕時計とベルトのバックルが、妙にぎらりと光って見えた。聞こえる声は低く、口調もあまり優しいものに聞こえない。

なんとなく目を合わせたらいけないような気がして、その顔を見ないようにする。

「お疲れ様です」と、白衣の人が明るく声をかけてくれたが、手前のもう一人が気になって仕方がない。

この人がアルガさんじゃないよね、と遠野をうかがうと、奴は気にせず奥から持ってきた椅子に、自分のバッグを置いた。バッグより人間に気を遣ってほしい。

「またな」と恐ろしく低い声が響いた。大柄な男が外へ出ると、白衣の人も後に続いた。

表にあった紺色の高級車にエンジンがかかる。帰るところだったらしい。

　少しほっとして店内を見渡す。ガラスケースが並んでいる、きれいな応接室みたいな場所だった。ガラスケースの内側には照明が設置されていて、宝石のついた指輪とかネックレスとかイヤリングみたいな、よく解らないけれどキラキラしたアクセサリーが並べられている。なるほど。

「石英がどうのなんて言ってるから、どういう趣味かと思ったけど、遠野は宝石屋さんでバイトしてたのか」

「見習いだよ。さっきの小袋は俺が練習で細工した残り。水晶っていうより、石英っていうほうが湯川が混乱すると思って」

　遠野はからかうような口調で笑って言うと、奥の部屋に続くドアを開けて見せてくれた。そこは工房になっていて、見たことのない機械類がいくつもあり、木の切り株のようなものや見慣れない小さな金槌、他にもなんだか解らない無数の鉄の板のような道具が見えた。それらはすべて、配置が決まっているかのように整然と並べられている。

　よく見ると、ドリルみたいなものも目に入った。なんとなく、歯医者にかかった時の記憶がよみがえる。注射器がなくてほっとする。

　思わず見入っていると、店の入り口の方から明るくやわらかい声がした。

「雨が降りそうでしたから、ペッパーも中に入れましたよ」

　振り向くと、白衣の男の人がにこやかに微笑みながら、ペッパーを連れて戻ってきていた。遠野が恐縮しながら言う。

「いきなりすいません、アルガさん。あと、こいつは大学の友人で、湯川といいます」

「はじめまして」と、頭を下げて挨拶する。『アルガさん』は、白衣にネクタイを締めた、宝石屋さんというより理科室の先生みたいな外見の、純粋な日本人だった。『有』るに賀正の『賀』で、アルガと読むらしい。有賀《あるが》さんは、見習いが突然連れてきた友人に丁寧に自己紹介をして、嬉しそうに迎えてくれた。

「おやおや」

左手をポケットに突っ込んでいる遠野を見て、有賀さんがくすりと笑う。

有賀さんは遠野よりも細身で、背もそんなに高くない。にこやかで落ち着いた雰囲気が四十代半ばくらいに見えた。さっきの人が有賀さんではなくて本当によかった。優しそうな人なので、安心して話しかけられる。

「てっきりドイツとかロシアの人かと思ってました。アリガじゃなくてアルガって読むんですね」

「はい、戦艦大和の最後の艦長さんと同じなんです。あの人もアルガと読むのですが、周囲がアリガと思い込んで紛らわしいので、結局アリガと名乗ることにしたそうです」

学校の先生のような有賀さんの説明に、大きくうなずく。

「この人は、俺の師匠なんだ」

遠野によると、有賀さんのこの店は、宝石や貴金属を使った装飾品の加工や製作を行う工房らしい。指輪やネックレスなんかをオーダーメイドで作ったり、修理したり、古い物をリフォームしたりもするそうだ。

ガラスケースに並んでいる指輪を見る。土台である金属部分から宝石の形まで、どれも繊細なデザインだった。宝石はよく知らないが、キラキラのダイヤモンドの他にも、深い青や赤、紫、緑、ピンクや水色、乳白色やべっこう飴みたいな色の宝石もある。どれもすごくきれいなんだけれど、キャンディのようにも見えて、なんとなく味を想像してしまう。

一緒にガラスケースを眺めていた遠野が言った。

「ほとんど有賀さんのデザインだよ」

すごい、と思わず他のガラスケースも見てしまう。ちょっとかっこいいカフスボタンとか、金貨を加工してネクタイピンにしたものもあった。コインそのままではなく、外側に金色の丸い枠がついていて、金ピカなのに品よく見える。

「これ、銀貨でもできるの？」

「変色しやすいけど、手入れさえきちんとするならいける。コインならペンダントにする人が多いかな。お前、タイピンなんてするのか」

「しないけど、なんとなく聞いただけ。思い出の品みたいなのがこういうふうになるなら、悪くないなって思ってさ」

人をおっさん扱いしようとする遠野を軽く睨むと、有賀さんは嬉しそうにうなずいた。

「そういうお客様は多いですよ。形見の指輪とか思い出の石を、今風のデザインにリフォームしてまた楽しむんです。ですが、僕もそろそろ、今風のデザインみたいなものからは遠ざかりつつありますから、遠野君のアイディアやデザインに助けられることも多いです。思いついたら、すぐにデザイン画を起こしてますしね。彼のようなタイプは大概のことを努力と前向きさで叶えてしまいますから、デザイナーで花開くかもしれません」

「俺は職人になりたいから丁稚《でっち》にしてもらったんです」

遠野が不貞腐《ふてくさ》れたように有賀さんを軽く睨む。「弟子じゃなくて？」と聞き返すと、「使いものにならないうちは丁稚」と遠野は自分に言い聞かせるように宣言する。

「そんなことより、ちょっと確かめたい物があって来たんです。これ、ここでお客様からお預かりしてる品ではないですよね？」

気を取り直したように早口で、遠野は蝶のブローチを取り出した。有賀さんが不思議そうに眺める。

「これはまた、懐かしいというか、年配向けのデザインですね。どうしたんですか」

「バッグに入ってたんです。たぶん、大学の知人の物だと思います。でも石が二つ欠けてるし、大学生向けのデザインじゃないから、リフォームでお預かりした物を間違って持ち帰ってたら大変だと思って」

遠野が心配そうに言った。有賀さんは笑顔で答える。

「大丈夫ですよ。君はそんなヘマしてません」

「安心しました。これ、いろいろあって本人に確認できない状況なんですけど、女の子が大学につけていくような感じに思えなかったんです。結構汚れてますけど、安い物とも思えなくて。俺が見た限り、石に内包物なんかもないように見えるんです。ジルコニアじゃないですよね？」

遠野が銀色の蝶を差し出す。有賀さんはブローチを手に取り、遠野が持っていたのと同じルーペを取り出して目元へ持っていく。

「本物のダイヤですね。色味もいいし、石そのもののグレードも低くはなさそうです。買った時は結構なお値段したと思いますよ。このままだと少し、可哀想な気もしますね」

有賀さんは寂しそうにブローチを遠野に渡した。俺も遠野の手元を眺めて呟く。

「やっぱり、女子大生が普段つけるようなものじゃないのかな」

「事情が解らないとなんとも言えませんね。女子大生だって中年男性だって、それぞれ事情はあるんですから」

それよりお茶を淹れましょう、と有賀さんが立ち上がる。遠野が慌てて言った。

「俺がやりますよ」

「でも、僕が淹れたほうがおいしいですよ」

自信たっぷりに有賀さんが笑ってみせると、遠野は抵抗をやめて困ったように笑った。

有賀さんは俺と遠野に応接の椅子を勧め、奥へ向かう。なんとなく、遠野は有賀さんに、師匠という以前に人として逆らえないような雰囲気を感じた。

おとなしくしていたペッパーが、一瞬、外に注意を向ける。表は雨が降りだしていた。

通り雨のようだ。

「そんなわけで、どうぞ」

有賀さんが優雅に三人分の紅茶を運んでくる。銀色の縁取りが入った白いカップを受け取り、有賀さんの淹れた紅茶をいただいた。千鶴さんの紅茶と少し違う、甘さのない柑橘《かんきつ》のような香りがほのかにする。有賀さんが俺を見て尋ねた。

「お砂糖はいいんですか」

「あ、なくて平気です。っていうか、なんかこれ好きです」

「おや、君もですか」

「湯川はアールグレイだのドクターペッパーだの、少し独特なヤツが好きなんだな。有賀さんと一緒で」

遠野が感心するように、「お前ってそういう奴だったんだ」と俺を見た。有賀さんは少し嬉しそうにうなずく。

「ならば湯川君も、貴族的な精神を持つ紳士的なタイプですかね」

「安全な場所から危険な刺激を求めるタイプじゃないんですかね」

遠野は冷めた表情でカップに口をつけると、どこか大人っぽい紅茶の香りが漂うなか、今までの経緯を有賀さんに少しだけ話した。あまり物騒な話に聞こえないように、自分のバッグに入ってしまった蝶のブローチの持ち主候補が、一年の女子学生と三年の男子学生と二人いて、本人達も事情を話そうとしないから判断がつかない、と。

「遠野君はどうするつもりなんですか」

有賀さんがペッパーの頭を撫でながら外を見る。急に雨脚が強くなってきた。遠野は少し不安そうに答える。

「もう少しそれぞれに話を聞いて、確信が持てたら返すつもりです」

「篠原のだと思うんだけどね。落とした瞬間を見たような気もするし」

「でも、それまでブローチなんてつけてなかっただろう？」

「そしたら見間違いかなあ。でも部外者の俺が、篠原に関してだけ、二度も見間違いするのもなんとなく変じゃない？」

カップを持ったまま、テーブルの上のブローチを眺める。

「二度目があるんですか」と、有賀さんが俺を見ながら不思議そうな顔をした。実は、と恥を忍んで説明する。病院の待合で篠原と、たぶん南多にも接触したこと。後日、篠原が遠野のバッグを探った時に、きらりと何かが光って見えたこと。

「名前でも入っていればな」

遠野がやわらかそうな布を取り出して、さっきのルーペを拭きながらため息をついた。

「何が見えるの？　それ」

「これか」と遠野は、にやにやしながらドイツの有名なメーカーのルーペを俺に手渡した。有賀さんや遠野がしていたように、目元に当ててブローチを覗いてみる。

「全然ピントが合わないんだけど」

「自分で焦点を調節しろ。あと、ブローチが近すぎる」

言われたままにブローチを離したりルーペを近付けたりしてみる。くすりと有賀さんの笑い声が聞こえた。ふっと焦点が合った瞬間、突然大きなブローチが目に飛び込んできた。『Pt950』の文字までも迫力がある。おおっ、と興奮してルーペを覗きながら質問する。

「すごい。この『Pt950』って、なんなの？」

「プラチナの純度ですよ。このブローチの地金は、全体の九十五パーセントがプラチナということになりますね」

はあ、と生返事になってしまう。よく解らないけれど、持ち主のヒントにならないのは解った。そのまま角度を変えながら石を見る。真っ白な光以外にも、色が見えて楽しい。遠野も楽しそうな声で言った。

「湯川、大事なアドバイス。それを覗く時、反対側の目も開けておくといいぞ。覗いてる間、その周囲で何が起きてるか気付けないだろう？」

「何がって？」

「例えば、その紅茶を飲んでみろ」

なんだろう、と言われるまま一口飲んだ。紅茶がめちゃくちゃ甘くなっている。どういうことだ、と遠野を見た。

「そういうこと。紅茶に砂糖を入れられるくらいならいいけど、宝石とか高価な物を扱う際は、必ずもう片方の目で周囲を見ていないといけないって俺も言われたんだ、師匠に」

そう言いながら遠野が有賀さんを見た。ブローチをテーブルに置いてうなずく。

「なるほどなあ。それにしても、優しい師匠でよかったね。なんかこう、『師匠』とか『職人』って、厳しくて愛想がなくて、無口で、怖いイメージだから」

有賀さんは職人さんというよりは神父さんとかのイメージがある。片手に聖書を持っていても似合うと思う。しかし遠野は笑いながら否定した。

「とんでもない、十分厳しいよ。にっこり笑いながらもダメ出しは半端ないぞ。当たり前だけどさ、物に対する言葉遣いや注文だって、ものすごく細かくて、几帳面で」

「そんな、せっかく湯川君が僕を、職人に見えないほど優しくて、洗練された紳士だって誉めてくれているのに」

「湯川がそこまで言ったかどうかはともかく、宝石職人に見えないのは認めます」

「いい意味で、と前向きに受け取っておきますね」

やわらかく微笑む有賀さんを、遠野は恨みがましい目で見る。それがなんだか楽しい。心なしか遠野はここにいると少しだけ子供っぽく見える。本人に自覚はなさそうだが、ちょっとだけ素直で楽しそうだ。ペッパーは別格として、千鶴さんといる時より有賀さんの前にいる遠野の方が、いい意味で子供っぽい。今は俺に対しても、ちょっとだけ素直になってるみたいだ。

普段の遠野には、時折、どこか重苦しいものを感じることがある。それをどうこうするつもりはないけど、遠野にもこんなふうになれる場所があると思うと、少し嬉しくなった。

　ところで、と有賀さんが慈しむように銀色の蝶を手のひらに載せて聞いた。

「こちらは、このままお返しするんですか」

「返す時は、そうなりますけど。勝手に直すわけにもいかないですから」

「せっかくですから、少しきれいにしてあげたいですね。遠野君、ツヴァイシェンレーズンクを起動させてください」

「すいません、ありがとうございます」

　まったく解らない会話の末に、遠野が頭を下げる。自然体で会話が進んでいるからには、業界用語みたいなものだろうか。そんな俺の顔を見て遠野が苦笑した。

「ああ、有賀さんのオヤジギャグみたいなものだから、湯川は気にしなくていい」

　奥の工房へと遠野が入る。遠慮した俺は、入り口から顔だけを出して眺めていた。遠野は刷毛《はけ》のようなものでブローチを軽く撫でるようにブラッシングしたあと、黒い工具箱みたいな装置の操作を始めた。まわりにはステンレスの水槽っぽい機械や、タンクとかチューブのついた謎のマシンが並んでいる。ツヴァイなんとかっていう装置を使いこなす遠野を見学していると、俺の視線を感じて遠野が説明した。

「イオン洗浄機につけた名前だよ。商品名は全然違うけど、有賀さんが勝手に呼んでるだけ。ちなみに、あっちの宝石研磨機がビスマルク、そっちのステンレスのが超音波洗浄機のUボート、あそこにあるドリルの名前がトリープフリューゲル」

「トリープ……」

もう何がなんだか解らなくて絶句する。有賀さんも遠野の横に立った。

「垂直離昇できるはずの、幻のジェット戦闘機の名前です。ぐるぐる回りながら飛ぶんです。もし存在していれば」

有賀さんがドリルを手に持って、ブーンと飛ばす真似をする。遠野がため息をついた。

「ドイツ、好きですよね」

「別にドイツだけ贔屓《ひいき》しているわけではありませんよ。戦艦プリンス・オヴ・ウェールズだってあるじゃないですか」

「それは戦艦じゃなくて、戸棚に残ってる紅茶でしょう。しかも、あれ飲んでないし」

遠野は冷たく言い放って、妙な名前がつけられたイオン洗浄機に視線を向ける。さっぱり解らないままの俺に、有賀さんが説明してくれた。

「普段、ジュエリーのクリーニングは手作業で行いますが、緊急の際は応急処置的にこちらのイオン洗浄機をよく使うんです。あちらにある超音波洗浄機も強力ですが、石の性質によっては割れてしまったり、よくない影響を与えてしまったりする場合もあるので、僕は地金部分にしか使わないんですよ。イオン洗浄機は地金や石への影響も少ないし、二十秒弱である程度きれいになるので、ツヴァイシェンレーズンクと名付けたんです。ドイツ語で『応急的処置』とか『暫定的措置』という意味です」

「はあ、『応急処置』ですか」

「普通にイオン洗浄機って呼べばいいのに」

後片付けをしていた遠野がぼやく。工房から戻った遠野は、洗浄して拭き上げたブローチを見せてくれた。ルーペで見るまでもなく輝きが増していて、石だけでなく土台のプラチナまでが白く発光して見えた。そのぶんだけ、石が欠けている部分が目立ってしまう。

遠野はチャック付きの袋にブローチを入れると、胸ポケットに袋をしまった。さすがにバッグに投げ込む気にはならなかったらしい。

表の様子を見ると、すっかり日が暮れていたけれど、雨は上がっていた。有賀さんにお礼を言って帰り支度をする。ペッパーを連れて外に出ると、有賀さんが見送ってくれた。

「もう暗いので気をつけて。何か解ったら僕にも教えてください。湯川君もまたどうぞ」

水たまりも気にせずに、ペッパーは雨上がりの道を楽しそうに歩く。帰ったら風呂に入れてやらないと、と遠野が苦笑いをした。近くの自販機にドクターペッパーを発見して、俺は黙って遠野の分と二本購入する。雨の匂いを嗅《か》いでいるのか、鼻をひくひくさせているペッパーの頭を撫でて遠野に聞いた。

「それよりあれ、どうする？　高い物なら持ち主に返してあげなきゃだけど、持ち主ははっきりしないし」

「南多さんが困ってるなら、聞いてみるべきだとは思うけど、篠原にも一応確かめたほうがよさそうだな。ただ、二人とも『私のじゃありません』って話になるかもしれないし、どっちも『私の物です』って主張してきたら面倒だ。いっそ警察にでも届けるかな」

「本来なら、より多く情報を提示してくれた方に信頼を寄せるべきかもしれないけど」

そうなると南多さんだしねー、あの人はちょっと怪しいよねー、とペッパーに同意を求める。しかしペッパーはちらちらと俺に視線を送りつつも、リードを持つ遠野の手を鼻でとんとんと押している。ペッパーの顔を覗いて聞いた。

「なになに？　どしたのペッパー」

「ほら、時々やるって言ったアレだよ。ちょっとリード放して、ってお願い。自由行動したい時にやる。呼べば戻るから、車とか人がいない時だけ、たまに放してやるんだけど」

遠野は車や通行人がいないのを確認すると、「遠くに行くなよ」と赤いリードを放した。ペッパーは遠慮がちに早足で遠ざかると、時折戻ってきては俺を見る。来いという意味らしい。俺達が顔を見合わせていると、ペッパーは何度も俺の方を振り返りながら急かすように歩いた。

「なんだろう、ちょっと付き合ってくる」

持っているドクターペッパーを遠野のバッグに押し込み、ペッパーに呼ばれるまま後を追う。雨上がりの道路を早足で歩き、薄暗い路地を曲がると人の気配がした。

ペッパーは、閉まっている飲食店の軒先にいる人物に、ぐるぐると邪魔をするように絡んでいた。さらに近付いていくと、そこにいるのが篠原と見知らぬ男であることが解る。

ペッパーは平気かもしれないけれど、こんなデートの真っ最中みたいなところに、のこのこ迷い込んだ俺は人間として気まずい。

しかし、ペッパーは人間よりも優秀だった。ペッパーが邪魔をしているのは楽しい二人のデートではなく、篠原の肩に触れようとしている男のほうだった。

どうやら篠原は、少々態度が強気で絡むと面倒くさそうな、できれば関わりたくないタイプの男に絡まれている状況にあるらしく、困惑した表情で男とペッパーを見ていた。

ちなみに男のほうも、暗がりからいきなり絡んできた三五キロの黒い犬に戸惑っている。

一応、事情を聞くべきか。

ペッパーを放っておくわけにもいかないので、仕方なく二人と一匹の後ろに立った。どう話しかけようかとちょっと考えてから、シリアスで焦った声を出す。

「ちょっとすみません」

「ああ？」

振り向いた男の顔は、やっぱり怖かった。歳はそれほど違わないだろうけど、社会の枠にとらわれない系の雰囲気。大柄というわけではないのに、少し大きめサイズのテカテカした上着を着て、ダメージ加工のありすぎるジーンズをぐぐっと低い位置で穿いている。あまりやらない方がいいというアドバイスを、つい最近、どこかで聞いた気がする。

事情はなんであれ、邪魔が入るのは不本意なんだろう。仕方ないな、と息を吸うと、篠原を真剣に見ながら、ちょっと責めるような口調で言った。

「お嬢、捜しました。事務所総出ですよ。今、若いのが車まわしますから、おとなしく待っててください。今日は、いてくださらないと困ります」

そう言いながらスマートフォンを取り出し、急いでどこかに連絡を取る真似をする。

「すいません、お嬢見つかりました。そっちは引き揚げて、事務所に戻ってて構いません」

存在しない電話の相手に向けて、緊張した声を出す。男と篠原が呆然としていた。ここはバカに徹して、大真面目に演技するしかない。ペッパーも不思議そうに見ているが、構わず喋ってスマートフォンをしまうと、下手に出る感じで男に話しかけた。

「申し訳ありません、お嬢のお友達ですか？　何かご迷惑おかけしませんでしたか？」

言葉を失ったままの男が、篠原やペッパーを見比べてから、おもむろに俺を見る。たぶん、まともに相手をしていいのか判断がつかないんだと思う。同じく反応に困っているけれど普段から言葉少なめな篠原は、今は都合がいい。勝手に一人芝居が打てる。

「お嬢、今から遠野サン来るみたいですけど、どうします？　お友達でしたら、うちの車出しますから、お送りしましょうか」

いかにもおっかない人の話をするように言うと、篠原がこらえきれないように少しだけ笑った。「お帰りはどちらですか」と男に尋ねると、「いや、別にいいんで」と気味の悪そうな顔で遠ざかろうとする。殴られない程度にウザく付きまとってやろう。

「お友達ですよね？　お名前だけでも教えてもらえますか、大学の？」

芸能レポーターのごとく追及すると、男はいやいやと手を振って逃れようとする。演技がうまくいってるというより、単に危ない人だと思われているような気もするけれど、面白くなってきて、さらに続けた。

「でもマジで、お嬢のお友達をそのまま帰したなんてことになったら、俺が遠野サンに叱られますから！」

「いや、マジでいいっすから」

俺の目を見ないように顔を背けて、男が立ち去ろうとする。「遠野サン、もう見えますんで」とか、「遠野サンに挨拶だけでも」と必死に引き留めたのに、「勘弁してくれ」と男は素早く消えてしまった。

「いい加減にしろ」

低い声とともに、ぱん、と後ろから頭を軽く叩かれた。「あっ遠野サン」と振り向いて遠野を指差す。「何が遠野サンだ」と呆れたように笑いながら、遠野は俺の頭を叩いた右手でペッパーの頭を撫でる。

「来てたんなら早く助けてよ」

「あの空気の中で、どんな顔して出ていけばいいんだよ」

遠野がペッパーにリードをつけ直す。「結果的に、なんとかなったんだからいいじゃん」と返しながらも、申し訳なさそうに笑いをこらえている篠原を見て肩をすくめた。

「やっぱり、どっか間違ってるかな。これでもちょっと勇気出したんだけど」

あー緊張した、と遠野のバッグからドクターペッパーを一本取り出す。とりあえず額に当てて頭を冷やしていると、篠原が一歩近付いて、勇気を出すように大きく息を吸った。

「あの、ありがとうございました」

続けて「ペッパーも」と囁くように言いながら、篠原が遠慮がちにペッパーの頭に触れた。ペッパーがちらりと篠原の顔を見る。嗅覚だけでなく聴覚も優れているらしいから、俺にはよく聞こえない篠原の声も、ペッパーには聞こえたのかもしれない。

篠原によると、雨宿りしていたところにさっきの男が現れて、絡まれてしまったらしい。ちょっと小さめで可愛いから、絡まれやすいのだろう。もう少しかっこよく助けられればよかったのだが、いきなり女の子の前に立ちはだかるのはペッパーがやってしまった。

「そうだ、篠原さん」

「はい」という吐息のような返事をすると、篠原はペッパーのように小さく首を傾げる。緊張も解けているようだし、こんな時につけ込むようで悪いけど、このタイミングを逃す手はないと思った。

「最近、なんか困ってるみたいだけど、何を探してるのか聞いてもいいかな?」

篠原の動きが止まった。大きな瞳で宙の一点を見つめている。言葉が見つからないのか、言えないことなのかは解らない。あまり踏み込んだことを聞くのは気が進まないし、困らせてしまうのも嫌なので、責めてるみたいに聞こえないよう慎重に言った。

「言いにくいとか、答えにくいことだったりしたら無理に聞かないけど、探してる物って、篠原さんの物なの?」

篠原が驚いたように大きな目を見開いた。長い髪が微かに揺れる。街灯の下、銀色に光る路面に佇んだまま、続く言葉が出てこない。遠野も珍しく心配そうな顔をしている。

南多の言っていたことを本気にしているわけじゃなかった。あの人だって確証があって言っているわけでもなさそうだったし、篠原と親しいかどうかも怪しいから、南多の話なんて参考にする気はなかった。

病院とか石英とか、聞きたいことはたくさんある。篠原が関わってるのは確かだけれど、篠原が探している物と関係ないのなら、今、それは聞かない。

まず知りたいのは、篠原の探し物が、あのブローチかどうかだった。

それが他の疑問と繋がってるかは不明だし、嘘かどうかの判断に繋がるかも解らない。嘘をつく人間が、そのまま悪い人間とも限らない。嘘をつかざるを得ない状況なんてどこにでも発生する。だから人の事情に必要以上に関わる気はなかった。

そのためにも、ヒントが欲しかった。篠原の人間性みたいなものが見えるのなら、本質的な部分がそう悪いものじゃないと確信できれば、篠原が話したくない嘘や秘密に触れたりしないでそっとしておくこともできる。面倒な話を追及する必要もない。

ブローチについての質問は、そのヒントになるような気がしていた。

しかし篠原は、泣きそうな目をしながら濡れた道路に視線を落としている。

「ごめんね。じゃ、これ以上聞かないよ。篠原さんは今、困ってないの？」

困っていないなら、それでいい。たとえあのブローチが篠原の物だったとしても、もう必要ではないと判断させてもらう。

篠原の静かなうなずきや、『はい』という小さな返事を俺は待っていた。それならよかった、こっちの勘違いだったね、そう言ってお開きにすればいい。そんなふうに考えながら手に持っていたドクターペッパーを開けたところで、篠原が迷うように呟いた。

「わたし」

震えるような声が詰まる。少なくとも『はい、困ってません』という顔ではなかった。

「探してるのは、これじゃないのか」

突然、遠野の冷たいようにも聞こえる声が響いた。その手のひらには、銀色の蝶が街灯の下で白く光っている。篠原が驚いて、遠野とその手にある蝶を交互に見た。泣きそうに潤んだ目が、光る蝶に釘付けになる。篠原は不思議そうに呟いた。

「……こんなに、きれいじゃなかったはず」

「クリーニングしたからな。ただ、石が取れてる。落とす前はあったのか？」

「あ、それは、もう何年か前に取れて、なくしてしまったから」

篠原の声が寂しげにかすれる。遠野がいきなりブローチを見せると思わなかったけれど、少しだけほっとした。この感じなら篠原の物のようだから、南多に関係ない。しかし遠野は不思議そうな顔で尋ねる。

「どうしてこんな物を持ち歩いてたんだ？　石が取れていなかったとしても、篠原には使いにくいデザインじゃないか」

「……いつも、上着の裏側とか、そういうところにつけていたから」

実に遠野らしい質問に、篠原が恥ずかしそうに答える。落とした瞬間を見ているのに、つけているところを見たことがなかったのは、見えないようにしていたからだったのか。遠野は納得した顔でうなずき、少し真剣な声で篠原に聞いた。

「これ、直さないのか」

篠原は、遠野の手にある蝶から目を逸《そ》らし、一瞬目を閉じた。

「形を、変えるわけにはいかなくて」

「大事な物なら尚更さ。いい石が残ってるし、地金の質もいい。普段身につけるなら使いやすいデザインにするとか、身につけやすい指輪とか、ペンダントトップにもリフォームできるだろう」

ぶう、と飲みかけのドクターペッパーを噴いてしまう。途中からセールストークになっている。思わず篠原の反応を待った。

「……友達の形見なんです。だから、簡単に変えたくなくて」

篠原もまったく動じないで話が進む。二人とも真剣らしい。遠野も持ち主を篠原だと確信したらしく、「そうか」と蝶のブローチを手渡しながらうなずいた。

篠原もそれなりにいろいろあったみたいだが、微妙にいい雰囲気が出来上がりそうな気がしたので、なるべく自分の存在感を消してペッパーとじゃれあいながら、聞き耳を立てる。遠野は厳しいようにも聞こえる口調で篠原に告げた。

「余計なお世話かもしれないけど、変わらないことを求めるのは間違いなんじゃないか。石だろうが人だろうが、壊れたまま変わらずにいることを求められたら辛いだろう？」

前向きな発言をしているようで実はブローチの心配をしている遠野に対して、篠原は真面目にその意味を考えているようだった。遠野が真剣に続ける。

「友達の証みたいなものなんだろうけどさ、そんなふうに持っていてほしかったわけじゃないはずだろう？」

はらはらしながら遠野のセリフを聞く。この辺だけ聞くと、遠野がすごく熱意あるいい奴みたいじゃないか。篠原もどうしてそんなに素直なんだ。俺の質問にはほとんど答えてくれなかったくせに。遠野はスイッチが入ったように、さらに男前の表情で言った。

「まったく意味がないとは言わないけど、少なくともブローチとしては意味のないものになってる。贈った方にももらった方にも意味がないものを持たされてるのは、辛くないのか」

遠野はいいことを言っているようだが、わけが解らない。篠原は考えるような顔をしながらも、ほんのりと微笑んだ。

騙されるな篠原、遠野は篠原の心配よりもブローチの心配をしてるんだぞ、職業柄。

「……そうですね、考えてみます」

呟くように言うと、篠原は手のひらに包まれている蝶を眺めた。どうもありがとう、と小さな声で俺にも笑いかける。「じゃあね、篠原さん」と手を振って笑い返した。

二人と一匹で歩きだす。振り返ると、篠原は顔を上げて、真上の空をじっと見ていた。帰り道の公園近く。雨上がりのジャングルジムが、きらきらと街灯を反射していた。

桜と楓とつむじ風

木曜の朝は、少しだけ日の光を見ることができた。風はやまないけれど、夕べ降った雨のせいで、今朝は外の景色が洗われたようにきれいに見える。

遠野と大学の中庭を歩きながら、昨夜の話になる。

「ブローチは、あれでよかったみたいだね。いきなり篠原に見せるから、ちょっと驚いたけどさ。遠野って、大富豪とかで序盤から強いカード切るタイプ？」

「温存したままゲームオーバーよりはいいだろ。それに、使わないと意味のないものをただ持ってるのは面倒だからな。ジョーカーでもブローチでも」

目を細めて遠野が笑う。あれは自分のことを言っていたのか。

「気になる部分はあるけど、持ち主に返せてよかった。手持ちの札も捌《さば》けたしね。遠野もあれが篠原のだって思ってたんだ？」

「まあな。クリーニングされた状態に篠原が気付いたってのもあるけど、納得したんだよ。似合わないデザインとか不完全な状態のものを持っている理由が『形見』っていうのは、有賀さんの店でよく聞く話だけど、そういうものは大事に保管したままの人が多い」

「だよね。形見とかって、なんとなく処分しにくそうだし」

「でも、見えないところに身につけてたお客さんがいたんだ。男の人で、亡くなった奥さんの物を何年もさ。篠原もそうなのかと思って、そこを疑うのが少し申し訳なくなった」

遠野は恥ずかしそうに笑うと、それを隠すように冷めた声で続けた。

「まあ、『友達』の形見にしてもデザインが古いから、全面的に信用したわけじゃない。逆にあれが全部嘘だとしたら、『社長の息子』の南多さんよりすごいだろ。他人の、石の落ちた古いデザインのブローチを、『死んだ友人の形見です』って演技したんだ。篠原がそこまで見事な嘘つけるタマだったら、逆に称賛の意味でブローチを渡してもいい。本当の持ち主が南多さんだった場合、彼は困るけど、どっちにしろ、はっきり事情を話さないのが悪い。まあ、ちょっとした賭けだったな」

遠野が一応、辺りを見回す。南多も篠原もいない。二人で教室棟に向かって歩く。

「確かに篠原の話が全部嘘なら称賛する。本物の怖い人に絡まれてても、もう助けない」

「本物相手に使える技じゃないだろ」

俺の渾身の演技を思い出した遠野が睨む。そういや、人を嘘つき呼ばわりできる立場ではなかった。ふと、嘘つき仲間を確かめようと聞いてみる。

「そういえば遠野、あの話ってどの辺が嘘八百だったの？」

「どの話だ」

「前に南多さんと話してた、間違い電話に『桜が咲いてるからもう泣かないで』って言った話。桜が咲いてたんなら嘘じゃなくない？」

火曜日にしていた恥ずかしい話。『嘘八百ついたことあります』って言ってたような気がする。

「ああ」と、遠野は思い出したように目を一瞬開いた。

「元気出せとか励ましてるうちに体力の話になって。知らない相手だし、剣道だの陸上だのをいかにも得意っぽく語った。俺も走るの速いとか、走る時は腕の振りが大切だとか」

「なるほど。腹筋も割れてたんですか遠野サン、ぱねえっす」

「いや、それはさすがに言ってない」

廊下をのんびり歩きながら遠野が笑った。次の講義が行われる階段教室に到着する。まだ学生は少なかった。中程の席を選んで座り、「その後二人はどうなったの？」と遠野を追及する。

「電話で一度話したくらいでどうこうなるか」

「どうこうしてるから、いい思い出があるんじゃん？」

「諸事情により、ない。可愛い子ではあったけどさ」

「え、なんで解ったの？」

思わず目を輝かせる。両手で頬杖をつきながら、遠野を見つめて先を促す。遠野は二秒ほど俺を軽く睨むと、仕方なさそうな顔で話しだした。

「俺は歳なんか言わなかったけど、授業の話になって、学年が同じだって解った。学校が同じだとは思ってなかったけど。で、向こうが体育とか剣道が得意だって話になって、俺もスポーツ万能っぽく話を盛りまくった。姉貴が剣道やってたから、その受け売りで上から目線でアドバイスして、その子を励ましてやったんだよ」

　軽く笑いながら、遠野は「ここからが少し、なぞなぞじみた話なんだけどさ」と続けた。

「電話でその子が、『ある場所に立ってる木は自分に似てる』って話をした。あとから俺はその『ある場所』に行く機会があって、楓《かえで》の木を見つけた。中学で思い当たる子がいたんだ。剣道が強くて、親友の名前が桜で、本人の名前は楓」

「桜ちゃんに楓ちゃんか、風流だけど、それだけで判断したの？」

「楓って子には、眉間に大きめのホクロがあってさ。その木にもちょうど、正面に、ホクロみたいに黒いコブがあったんだよ。これで特定できたなんて本人に言えない」

　遠野が申し訳なさそうに片目を閉じる。

　結構、楽しそうな思い出じゃないか。

「ホクロかあ。どこの木だったの？」

「湯川のほうが家が近いから知ってるかもな。白根沢駅から四つ先の青松町駅の、有名なホテルの裏手側。これもヒントがあってさ、そこからは駅ビルの赤い玉葱形の屋根だけが見えて、手前のビルの屋上に金色の柵があって、奥に十字架みたいな鉄塔が見える。三つが重なると、何に見えるか解るか？」

　遠野は色鉛筆を出すと、ノートの端に赤い玉葱、その下に黄色い柵、一番上に十字架を描いた。「新種のキングスライムかな」と首を傾げると、遠野が笑った。

「その子は、『自分に似た木』があるところから『金縁の赤い王冠』が見えるって言ってたんだよ。ホテルの辺りは高台になってたから、駅の方を見ると『十字架のある金縁の赤い王冠』が浮かんでるように見えるんだ」

「なるほど。あの辺りって高台になってるし、方角的に駅の屋根も見えた……っけ？」

「いや、ホテルの表側からは見えない。裏手の一角からだけ見えるんだよ。……さすがに、王冠と楓の木だけで解ったわけじゃない。種明かしすると、近くに『エーデルシュタイン』ってケーキ屋がある、と言われたから解ったんだ。チョコレートケーキが絶品らしい」

　簡単な王冠を描き上げた遠野は、色鉛筆をちらりと見ながら続けた。

「俺の中学はその二駅手前だから青松町のことなんか知らなくてさ、ケーキ屋の場所も女子達が話してて、あとからたまたま知ったんだ。人気ある店みたいだな」

「で、楓ちゃんのほうは？　遠野の情報も向こうに伝わってるんでしょ？」

「ペッパー飼い始めた話くらいはしたけど、特定できるような情報は与えてないよ。電話してきたのは向こうだから、その気になればこっちのことは調べがつくだろうけど、別にどうでもいい」

　遠野はそう言い捨てて、ノートに描いた王冠に宝石や飾りアーチを色鉛筆で描き加え始めた。適当だった王冠は赤いベルベットが張られた金の王冠になり、絶妙に配置された宝石や装飾で本格的なデザインになる。

「そんなきっかけがあって、可愛いのに、放っておくの？」

　遠野はノートから目を離さず、色鉛筆を持った手を動かしながら言った。

「放っておいた。俺も向こうも調子に乗って恥ずかしいこと言ってたし、触れない方がお互いのためだと思ってそのまま。恥ずかしい思い出に変わって、今に至る」

遠野は色鉛筆を片付けると、講義の準備をする。ノートの王冠は荘厳なデザインに進化し、てっぺんにある十字架までも細かな装飾と宝石で彩られていた。

午前の講義が終わり、クラーニヒに行くと、見覚えのあるスーツ姿の紳士がパンを選んでいた。白衣じゃなかったので一瞬解らなかったけれど、有賀さんだった。

木陰の白いテーブルを三人で囲みながら、昨日の帰り道で交わした、篠原とのやり取りを有賀さんに報告する。「そうでしたか」と有賀さんは穏やかに呟いて紅茶を飲んだ。

「それにしても、白衣じゃないから一瞬あせりました。なんの講義の先生だったのか思い出せなくて」

そう言って、有賀さんを見る。小柄だけど、きちっと品よくスーツを着こなしていて、大学構内を歩けば周りが挨拶してしまいそうな雰囲気がある。遠野がにやりと笑った。

「宝石職人らしくないって言われましたよ、有賀さん。ネクタイなんてしてるから」

「営業も接客も兼ねてますからね」

有賀さんは優しく笑うと、赤黒い粒の入ったうず巻き形のパンをおいしそうに食べる。ポケットに左手を入れたままの遠野が、紅茶を一口飲んで言った。

「仕事じゃなくても、こんな感じじゃないですか」

「まあ、大変気に入ってますから。湯川君だって一瞬解らなかったくらいです。悪目立ちしないで周囲に馴染めている証拠ですよ」

ふふふ、と嬉しそうな有賀さんに、遠野が何も言えなくなる。笑いをこらえながら二人を見ていると、千鶴さんが少し照れながらチョコレートのクッキーを出してくれた。

「昨日のと違って、私が作りました。よかったらどうぞ」

「やった、いただきます。あと、昨日のお菓子もごちそうさまでした」

「え、夕貴子さんに全部お渡ししましたよね？」

千鶴さんが眼鏡を直しながら、不思議そうに俺を見た。慌てて考えながらフォローする。

「えーと、あれからみんなで、おいしくいただきました」

「それはよかったです。ああいうお菓子は天下の回り物なんですね」

納得したように千鶴さんがうなずく。ある意味、正しいような気はするけれど、どういうルートで回ってきたかは説明しづらいので、話題を無理やり変えた。

「ところで千鶴さん、お店の名前ってどういう意味なんですか」

「あ、あんまり意味はありません。聞くとがっかりしますよ」

「ドイツ語ですよね」と遠野が確かめるように聞く。有賀さんはのんびりと千鶴さんのクッキーをつまんでいる。千鶴さんはほっぺに人差し指を当て、申し訳なさそうに言った。

「はい。ドイツ語で『鶴』です。スナックに『アケミ』ってつけるのと変わりませんよね。あとは、うちはシナモンロールとか、有賀さんが今食べているカシスのデニッシュロールとか、ぐるぐるしたパンが多いので、『つむじ風』とかも考えたんですけど。ドイツ語で」

「つむじ風？」

遠野と首を傾げる。「ヴィルベルヴィントですね」と微笑む有賀さんに思わず尋ねた。

「っていうか、有賀さんはどうしてそんなにドイツ語がすらすら出てくるんですか」

「私も湯川君や遠野君と同じ大学で、外国語学部ドイツ語学科卒業です」

「そうだったんですか、先輩なんですね」

かしこまった声を出す俺に、今度は千鶴さんが笑いながら言った。

「有賀さんからドイツ語がすらすら出てくるのは、ドイツ語を勉強したせいじゃないと思いますよ。ヴィルベルヴィントは第二次世界大戦時のドイツ国防軍の対空戦車の名前です。有賀さんは、そういうのが好きなんです」

有賀さんは否定することもなく、頭を掻いて紅茶を飲んだ。確かに、ドイツのジェット戦闘機がどうとか、戦艦大和がどうのと話していた気がする。

千鶴さんが店に戻ると、有賀さんも腕時計を見て帰っていった。どこかとぼけた形のくぬぎの木が、時折吹いてくる風を受けて、ざわざわと揺れていた。


遠野と大学構内に戻り、中庭にさしかかると、新緑の木陰のベンチでスマートフォンをくるくる操作している南多と目が合ってしまった。近付いて挨拶すると、南多は「おいで」と、自分の隣をとんとんと示してニッと笑った。

「昨日はごちそうさまでした」

飴一個しか食べないで俺に持ち帰らせたくせに、遠野がお礼を言った。「いやいや」と笑いながらスマートフォンをポケットに入れると、南多はふっと表情を変えた。

「何度もごめんね、遠野君にちょっと聞きたいことがあるんだ。そのバッグに、見慣れない物とか入ってなかったかな？」

またこの話か。遠野もそう思っただろう。ブローチのことだったらもう手遅れなので、遠野は『はい』とも『いいえ』とも言わずに聞き返した。

「いつの話ですか」

隣に座るのは抵抗があるので、立ったまま話を聞く。南多は目を逸らし気味に答えた。

「今週、かな」

「昨日言ってた話ですか。篠原が、南多さんの物を隠したって」

「うん、そういう感じなんだけどさ。見つからなくて困ってるんだ。君のバッグに隠したのは確かなんだよ」

南多は根拠も言わずに強く主張する。思わず口を挟んでしまう。

「どうして遠野のバッグなんですか？　篠原がどうしてわざわざ遠野のバッグに？」

「遠野君が彼女にバッグを貸したろ？　その時、僕の物を隠したんだよ」

「ああ、そうでしたね」

そういうことになってたんだった。でもそれは嘘だ。たぶん、篠原がついた嘘。南多も確証はないはずなのに遠野のバッグだと信じて疑わないのは、この人も月曜の病院で、遠野のバッグを見ていたってことだろう。遠野も不思議そうに尋ねた。

「それ、篠原はどんなふうに南多さんに説明してるんですか」

「バッグは友人から借りたとか……友人って君のことだろう？　あとは、それっぽい物は入ってなかったとしか言わないんだよ。でも彼女が、君のそのバッグに接触したのは確かなんだ。だから僕は今、彼女を信用してない……もしかしたら君は、篠原さんにバッグなんて貸してないんじゃないか？」

南多が真実に気が付いてしまったらしい。遠野は南多の問いに答えず、質問で返した。

「なぜこのバッグに隠したと思うんですか。だいたい、なくなった物ってなんですか」

「……それは、バッジとか、カードっぽいものだよ」

言葉を詰まらせた南多が、呟くように言う。え？　バッジ？

「そんなバッジやカードなんて、篠原や俺が持っていても仕方ないですよ」

動揺しかけたところを、遠野がさらりと言い返す。『動揺するな』そう言われたような気がした。ふいに南多の声が大きくなる。

「それでも、おかしいのは彼女だって！」

「月曜、病院で会ったことに関係があるんですか」

冷静な遠野の質問に、南多の顔色が変わった。病院なんて行ってない、なんて嘘をついていたくらいだから、答えにくい質問だろう。不安そうに、ゆっくりと南多が遠野に聞く。

「彼女、君に僕の話とか、した？」

「いえ、何も聞いてません。病院で何があったんですか」

「君達、まさか本当に、彼女とそんなに仲良くないの？　どういうこと？」

どういうことかはこっちが聞きたい。南多は本気で混乱しているみたいだ。「要するに」と思わず優しい声を出す。

「病院で、篠原もいた状況で、南多さんの物が遠野のバッグに入ってしまった、ってことで間違いないですね？　こいつのバッグがデカくて、いらっしゃいませ状態だから、変な物が飛び込んできてもおかしくないです。でも、南多さんも、病院に行ってないって俺達に言いましたよね？」

刺激しないように優しく笑いかけると、南多は何か考えるような顔をして下を向いた。言いにくそうに目を逸らしながら話す。

「そう、その、バッグに僕が落とした物を、彼女が届けてくれたからさ……」

篠原が届けてくれたのに、南多はまだ探し物をしている。それはまだ見つかっていないということだ。遠野がたたみかけるように口を開く。

「落とした物って、バッジとカードだけじゃないですよね。ひょっとして、黒い財布みたいなものに入ってたりしませんか」

南多が固まる。間違いなさそうだった。それなら月曜の病院で見た光景も理解できる。

南多は俺とぶつかって、遠野のバッグに黒い財布みたいなものを落とした。俺は気付かなかったけど、篠原がそれを届けたってことか。

「黒い長財布だよ。その中の、バッジと……カードがなくなってるのにあとから気付いて、落とした拍子に転がり出たんじゃないかと思って、すぐ彼女を探して聞いてみたら、バッグは借りていた物だからもう手元にないけど、その時の中身は自分が持ってるからって、昨日持ってきたんだ」

南多が下を向く。篠原もややこしいことを言うものだ。遠野も複雑そうな顔をして言った。

「それが、昨日のお菓子ですか。バッジやカードって具体的に言ってるのに、どうして篠原はあんなものを持ってきたんですか」

「いやそれは、僕が、その時はバッジとかカードとは言わなかったからさ」

篠原が持ってきたのは、千鶴さんから貰ったお菓子と、遠野の石英が入った袋。

篠原もいろいろとおかしいが、なぜ南多も探している物の詳細を言わないんだろう。それにバッジって、ブローチのことだろうか。冷静な声で遠野が続ける。

「あのお菓子の中には、南多さんの探してた物はなかったんですか」

「ないよ。あの子、『お菓子をたくさんもらってバッグの中がごちゃごちゃだったから、全部袋に移しておいた』って、あの袋を持ってきたんだ。他に筆記用具とかも入ってたから、その場で確かめたけど、僕の探してる物はなかった」

「病院に行った日、わざわざクラーニヒまで俺達を探しに来たのは？」

「大事な物がなくなって僕もあせってたし、君達が同じバッグを持ってたから聞いてみようと思ったんだよ。彼女、バッグは友人のだって言ったし、君達がその友人だと思って。でも、その話が嘘なら、どうして彼女は僕のところに来たんだ？」

南多が頭を抱えた。結構本気で混乱している。南多の言ってることはおかしいけれど、全部が嘘とも思えない。

解っているのは、遠野のバッグにあの黒いワニ革の財布を落とし、篠原が猛烈な勢いで取り出して南多に届けたってことだ。

そのあとが理解できない。篠原はあの大きなバッグを、遠野から借りた物だと主張して、バッグからわざわざ抜いた石英の袋を、お菓子に交ぜて南多に渡した。

要するに、探し物は見つかっていない。

『バッジ』があのブローチのことなら、確かに篠原が持っている。実はブローチが南多の物で、昨日の篠原の話が嘘だったりするのだろうか。

「でも、なんのために、篠原がそんなことするんだろう？」

「僕を困らせるためじゃない？」

南多が忌々しげに爪を噛《か》んだ。篠原はそこまで暇でもなさそうだけど、あのブローチが南多の大切な物だったのなら困っているかもしれない。そういうタイプに思えないけれど、確かめるつもりで軽く聞いた。

「そのバッジとかって、南多さんの物なんですよね？」

「どうして、そんなこと聞くの？」

突然、南多が目を吊り上げて俺を凝視した。「特に意味はないです」と慌てて手を振る。遠野もまずいと思ったのか、南多に向かって慎重に口を開いた。

「とにかく、篠原が何を言ったか知りませんが、本当に俺達はそんなもの知りません」

「君達は知らないんだね。それなら……」

酷《ひど》くあせったような声でそう言うと、南多は去っていった。


午後の講義も終わり、遠野の部屋に向かいながら南多について話す。さすがにちょっとおかしいだろう、あれは。

「あの人も遠回しに聞いてる場合じゃないみたいだね。言ってることおかしいけど」

「人のバッグに財布を落とす時点でおかしいだろ」

「そこはたぶん、本当のことなんだと思う。自信ないけど」

遠野の部屋が見えてくる。話はおかしくても、病院で見た光景に一応の説明がついたことで、少しほっとしていた。遠野は眠そうにも嫌そうにも見える表情で言う。

「南多さんが隠し事してるのは確かだし、篠原も妙な嘘ついてる。『バッグを貸す』ってなんだ？　篠原にとって、嘘をつくことになんの意味がある？」

「バッジだのカードだのを篠原が横取りしたとも思えないんだよね。だいたいバッジって、ブローチのことなら、篠原の物だと思うんだけど」

「とにかく、一応部屋を探してみるか。他人の物が部屋にあるのも気持ち悪いし」

ため息をついて遠野が鍵を取り出した。部屋に到着してドアを開ける。ちゃんと気配を察して玄関で待っていたペッパーに言った。

「ただいまペッパー」

「お前が言うなよ」

遠野が靴を脱ぎ、部屋の奥へ向かった。すぐにペッパーの散歩に行くものと思って玄関で待っていると、遠野が思い出したように振り向いた。

「カードとかを探してからにしよう。上がっていいぞ」

「珍しい、それじゃお邪魔します」

だったら何か買ってくればよかったな、と思いながら靴を脱ぐ。ペッパーも珍しがって、ぶんぶんと尻尾を振りながらついてくる。初めてお邪魔した遠野の部屋は、ちょっと広めのワンルームだった。一人で暮らすのには丁度いい広さだ。物はあまりなくて、ベッド、ペッパー用の丸いベッド、パソコンと本棚の載った大きめの机くらいしかない。

「テレビないの？」

「観る暇ないからな。実家帰った時は観ることあるけど」

なるほどね、とさらに部屋を観察する。ゲーム機の類もない。根っから真面目な奴なのかもしれない。本棚には、貴金属や彫金、ヴィクトリアの芸術、宝飾の技法というマニアックな本が詰まっていた。他にもジュエリーデザインとか宝石、鉱物なんかの専門書が並んでいる。通う大学を間違えているんじゃないかとも思えるラインナップに、『おいしい紅茶の淹れ方』が交じっているのを発見した。

笑いながらも、見なかったことにして台所に目を移す。水回りは家電が充実していた。電子レンジはもちろん、電気ケトルや食器洗浄機まで導入されている。さらに最新の洗濯乾燥機まであった。

「確か、これって、洗濯のあと干さなくても勝手に乾燥してくれて、アイロンかけなくていいっていうヤツだ」

母親がため息混じりに欲しがっていたが、値段が二十万円オーバーなのを知ってからは、何も言わなくなったのを覚えている。

「よく知ってるな。洗剤入れてスイッチ押せば、乾いた状態で終了だから楽だぞ。畳むのも面倒だし、それをハンガーにかけてこっちにしまって終わり」

遠野がクローゼットを指差す。細々したものはプラスチックの箱にそのまま投げ込まれていた。確かに楽でいい。「ふうん」と遠野のベッドに腰掛けて言った。

「一人暮らしって、なんか快適そうだな」

「かなりね」

そう言って遠野が一つしかない椅子に座った。

でも金がかかりそうだな、とひそかに思いながら、すぐ脇にいるペッパーの頭を撫でた。嬉しそうにペッパーが尻尾を振る。

「お、ペッパー、今日はいつにも増して毛艶がいいね」

「雨上がりを歩いて汚れたからな」

「シャンプーしてもらったのか、よかったね、昨日は頑張ったもんな」

痒いところはございませんか、とさくさく首を掻いてやると、ペッパーは尻尾をぱたぱたさせて気持ちよさそうに目を細めた。ふと思い立って遠野に聞いてみる。

「篠原って、どうして関わってきたんだと思う？」

「どうしてって、そこだけ聞かれても、それこそ篠原に聞いてみないと」

「そうなんだけど、篠原が前から俺達を知ってたのは確かじゃん。病院の時だって、遠野本人はいなかったのに、俺が持ってたバッグが遠野の物だってすぐに解ったのは、いつも俺が遠野といるのを篠原が知ってたからだよ。南多さんは俺達を知らなかったとしても、俺にぶつかって、遠野のバッグに財布を落としたのは確かだね。でないと、直後に走ってきた篠原が財布を取り出すことはできない。篠原はそれを南多さんに届けて、バッグは借り物だって嘘をついたんだよね。これってなんのためだろう？」

俺の膝に、うっとりした表情で顎を乗せてきたペッパーを撫でる。ちらりとそれを見た遠野が面白くなさそうに言った。

「篠原は素早いから、考えるより先に動いたんだろうな。南多さんが財布を落としたのを目撃した篠原は、俺達への説明は後にして、とりあえず財布を拾って落とし主を追いかけた。『他人のバッグから持ってきました』なんて言う必要はなかったから、篠原も初めは何も言わなかったんだろう。あとから、バッジとカードがなくなってるのに気付いた南多さんが聞きに来て、慌てて『借りてたバッグだから手元にない』って嘘をついた」

「そんな感じだね。火曜日に篠原が遠野のバッグを探ってたのも、南多さんのなくした物を探してたんだと思う。財布を届けたのが月曜で、千鶴さんからお菓子を貰った水曜は、篠原はバッグに触ってない。篠原が遠野のバッグから何か持ち出すことができたのは、火曜のクラーニヒしかなかった。石英の袋を持っていったのも火曜で、その時俺は、篠原のブローチが落ちるところを見た。でもバッジとカードは、まだ南多さんの手に戻ってない」

「ヤバいな、本当に俺のバッグに入ってるのかも」

遠野が顔色を変えて、バッグの中から勉強道具や色鉛筆、ルーペやボールなんかを取り出し始める。七割以上が授業と関係ないものだが、それらしき品は見当たらない。だからもう少し整理しろって言っているのに。なぜ石英とかが入れっぱなしなのだろう。

「バッジやカードも、火曜日に石英と一緒に持ち出されてるのかもしれないね。篠原は、南多さんの探し物が石英だと思って、石英だけを返したんじゃない？」

「だとしても、篠原はどうしてバッジやカードを南多に返さないんだ？」

遠野が顔をしかめた。ペッパーが心配そうに遠野に近付く。俺は軽い感じで言った。

「それは解らないよ。まあ、篠原が妙な絡み方してるせいでおかしなことになってるけど、ちゃんと事情を説明しない南多さんが悪いんだからさ」

「まあ、基本的に篠原と南多さんの問題だよな」

「……ね、篠原って、遠野のことをどう思ってるんだろう」

「なんだいきなり」

「篠原の行動って、最初は南多さんへの親切心だと思ってたけど、違うみたいだ。むしろ今は南多さんを困らせてるし、親切心はむしろ、遠野に向いてるんだと思うんだよね」

「どの辺が親切なのか言ってみろ。巻き込まれて困ってるのは、こっちも一緒だろう」

「でも、嫌われてはなくない？　考えるより先に身体が動くタイプだとしてもさ、篠原が以前から遠野をよく見てないと、バッグが遠野の物だって解ったり、遠野がひっくり返しかけた紅茶をキャッチしたりできないよ。篠原って、遠野のために動いてたんじゃないかな。それが変にこじれて南多さんが混乱してる」

　南多みたいに足を組んでみる。「それはすごい」と、遠野はどうでもよさそうに言った。

「いつの間に俺は、女子から一方的に好かれるレベルになったんだろう」

「でも、そう考えないと、ちょっと説明つかなくない？」

「でも、篠原が俺に注目する理由が説明つかなくない？」

　遠野が面倒くさそうに口調を真似る。「なんかあるんじゃないの？」と疑いの目を向けると、「何もない」と男らしく遠野が宣言した。

「クラーニヒで初めて口を利いたんだぞ、篠原とは。前も言ったけど、中学の頃は一度も口を利いてない。三年はクラスも別になったし、当時の篠原は、女友達にも囁くようにしか話せなかった。あと自慢じゃないけど、俺は女子と親しくなったことはない。昔から」

「それを言われると、人のこと言えないんだけど。篠原が何かしら遠野に関心があるのは間違いないと思う。……でも恋心ではなさそうだね、ペッパー？」

ペッパーを引き寄せて同意を求めると、「当たり前だ」と遠野がペッパーを奪い返した。

「どうでもいいけど、もう少し解りやすいとありがたいな。内気すぎて困る」

「でも篠原って、今は声は小さいけど内気って感じでもないよね。精神的なやつかな？」

「中学の頃の担任はそんなことを言ってたような気がする。一時的なものだって」

なるほど、と腕を組んで考え込むと、遠野がポケットに左手を入れたまま立ち上がる。ついていこうとするペッパーに、トイレ、とペッパーの頭を押さえてユニットバスのある方へ向かった。

記憶をたどりながらスマートフォンを取り出し、高校時代の友人の番号を呼び出す。言語なんとか士という資格を目指している友人が、この手のことに詳しかったような気がする。電話が繋がり、「はい」と、滑舌のはっきりした男の声が聞こえた。「いきなりごめん」と前置き代わりの挨拶を交わし、本題に入る。

「ちょっと聞きたいことがあるんだけどさ」

話しながら部屋の隅を眺めた。ペッパーが白っぽい布のかたまりを咥えて遊んでいる。よく見ると、それはいつか遠野が丸めて投げた使用済みの軍手だった。

嘘の少年

　遠野の前で電話を手早く済ませたあと、ペッパーの散歩に出ることにした。強い風が時折吹いていたけれど、日は出ていたので寒くはなかった。二人と一匹で近所をのんびり歩きながら、先刻友人から聞き出した知識と篠原の情報を照らし合わせる。

「言語聴覚士ってのを目指してる友人が言ってたんだけど、声が出ない現象にもいろいろあるんだって。篠原ってひそひそ声だけど、言葉はすらすら出てるし、吃音《きつおん》でもない。単語の発声が伸びたり、連続したり、最後まで言えないわけでもないし、人付き合いを避ける気配もないよね」

「そういう感じじゃないと思う。無口だけど」

「精神的なものって担任の先生が言ってたなら、喉の病気や怪我でもない。器質的な疾患でなくても、純粋に声が出なくなるケースもあるみたい。失声症とか心因性発声障害とか」

「はあ」

　遠野が気のない返事をする。気持ちは解るけど、聞いたばかりの話を忘れないうちに、一気に話さなければならない。

「篠原は声そのものは出ているから、今言ったケースとは違うっぽい。他のケースもいくつかあるみたいだけど、篠原に関してあと考えられるのが、家の外では他人と話ができなくなる、子供に多い場面緘黙《かんもく》症。俺の小学校にもそういう子が何人かいたよ。その子たちは会話はできなかったけど、授業で指されたり出席取る時は、小さいけど声が出てた。場面緘黙症は極度の内気と区別がつきにくくて、正確なデータは不足しているんだけど、指導すれば成長とともに改善されることが多いんだって。場面緘黙症は、家族の前だと普通に話せる。篠原が場面緘黙症なら、大きい声も出るかもしれない。仮説に過ぎないけれど」

友人もまだ学生で素人に毛が生えたようなものだしさ、と付け足す。「ほう」と、遠野が少しだけ感心したような声を出した。

「内気が高じて話ができないだけだと思ってた。考えてみれば、内気な性格でもなんでもないよな。大声が出ないだけで、早口ですらすら話せるし」

「それなんだよね。場面緘黙症を持った子供って、他人と関わるのを避けたり、人前で食事ができなかったり、親離れができないとかの傾向を併せ持つ場合が多いんだって。もちろん篠原は子供じゃないから、すでに改善されてるのかもしれないけど。でも篠原って、そういうのとはちょっと違うんだよね」

もちろん俺も素人だから、確かなことは解らない。遠野も判然としない顔で言った。

「まあ、面倒な傾向が今でもあるなら、大学なんて通えないだろ。治った名残であんな感じなんじゃないのか」

「そうだと思うけど、あれだけ大胆に行動できて、せっかく遠野にも何かしら関心があるかもしれないのに」

「またそれか。お前もしつこいな」

「俺だって、他人の事情なんてそんなに興味ないし、つっつきたいわけでもないよ。ただ、篠原を見てると理解できない行動が多いしさ。……実は、他にも気になってることがあるんだ。……遠野に、聞いてもいいかな」

「なんだよ」

遠野が少し緊張したように見えた。それが伝わったのか、ペッパーは歩きながらしきりに振り返る。

今も左手をポケットに入れたままの遠野を見る。隠していることを知られるのは嫌だろう。何もなければ気付かないふりをしていようと思っていたけれど。

言い出しておいて、まだ少し恐れていることに苦笑しながら、覚悟を決めて聞いた。

「遠野の左手があんまり動かせないって知ってるのは、家族以外にいるの？」

遠野は固まったように黙った。ゆっくり立ち止まり、瞬きもせずに俺を見る。

少しだけ、恐怖を感じた。遠野が話したくないことは、できれば聞きたくはない。俺が気にならなくても、遠野にとっては俺を激しく拒絶するスイッチになることだってある。知り合ったばかりなら平気だったかもしれないけれど、今になってこの友人を失うのは嫌だった。

それでも、この問いは、この先の自分達に必要なものだと思う。安心させるつもりで笑ってみせると、フリーズしていた遠野に動きが戻った。

「……中学時代のクラスメイトは知ってると思う。有賀さんと千鶴さんも知ってる。今はお前以外いないと思うけど、湯川が気付くくらいだから、みんな知ってるのかもしれない」

遠野は大きく息を吐いた。その表情に、失望や嫌悪の色は見えない。ひそかにほっとしながらも、なるべく軽く言ってみる。

「失礼だなあ。俺だってなんとなく気付いたわけじゃないのに」

「さすがにバレたか。俺もまだまだだな」

不貞腐れたような声でボヤいたあと、遠野は少し笑った。俺もいつもの調子に戻して言う。

「なんでも右手だけでやろうとするからだよ、味噌汁を片手で飲んだりさ。左手使う時はちょっとゆっくりだし、家電のラインナップ見ても思った。大学生の一人暮らしであれは反則だろ？　遠野が極めて横着で面倒くさがりな可能性もあるけど」

「そこは間違ってないな」

普段と同じ遠野の様子に安心したのか、ペッパーもごきげんで歩きだす。俺は少しだけ真面目な声で確認した。

「篠原も、知ってるんだよね」

「そうなるけど、どうして」

「気付いたのは篠原のおかげなんだよ。考えすぎかとも思ったけどさ、クラーニヒで遠野が紅茶をぶちまけそうになった時に思った。あの時、篠原は遠野のそばにいたってわけじゃなかったし、遠野が左手を使えば済む状況だった。でも篠原は、いきなり間合いを詰めてキャッチした。篠原が素早くて、考えるより先に行動に出るタイプだとしても、判断の速さに驚いた。まるで篠原は、遠野が左手を使わないって確信があったみたいだった」

遠野が鋭い目をして黙った。またちょっと心配そうな表情を浮かべるペッパーの頭を撫でる。

「遠野は、篠原と親しくなかったって言った。はじめは、それも隠したいだけなのかなって思ったけど、そうでもなさそうだし。なんとなく遠野には隠し事があるみたいだけど、嘘は言ってないと思った。だから遠野の言ってることを信じたうえで考えた」

どういう顔をしたらいいのか解らないみたいに、遠野は瞬きしながら黙っている。

「中二の時に転校してきて口も利いたことのない篠原が、遠野がとことん面倒くさがりで、食事中も左手をポケットに突っ込んだまま、味噌汁すら片手で飲むってことを理解してるのはどうしてだろうって。遠野はよっぽど行儀の悪い生徒として有名だったのか」

下り坂に入ると、小さな公園が見えてくる。遠野は複雑な顔をしている。

「でも、中学生の遠野がそういうよくない方向で有名な生徒だったら、篠原も親切心を起こさないと思う。だから遠野は、肉体的な理由で左手を使わないんだと思った。転校生で、話すことも苦手な中学二年生の篠原がそれを知り得たとすれば、遠野という生徒が左手を使わない理由が、はっきり解るような状態だったんじゃないか、そう思った」

公園に入り、入り口近くのベンチに座る。足元でどこからか飛んできた白っぽい花びらが、小さなつむじ風にくるくると舞っていた。

「大学に入ってからも、そんなわけで、篠原はちょっと遠野のことを覚えてた。横にいる俺のことも一緒に覚えた。そんな時、病院で南多さんが財布を落としたのを見て、篠原はとっさに行動した。このままだと落とし主も困るし、後で遠野と俺に事情を説明するのは、声が小さくてうまく話せない篠原にはしんどいことだった。遠野が病院にいるってことは、腕の状態がよくないのかもしれない。だから一人で処理しようとして、南多さんを追いかけた。……俺としては、これで納得がいくんだ。だから、篠原が遠野をどう思ってるのか、ちょっと気になってたんだよね。それと、この考えが当たってるとしたら、遠野の左手は中学の頃からあんまり動かないってことになる。言いたくないことを言わせたかったわけじゃないんだ」

ごめん、と思わず下を向いた。遠野は薄く笑いながら言った。

「そこまで解ってるなら謝ることないだろ、気を遣われるのが嫌なだけなんだから」

「そうかもしれないけどさ、遠野は実際、それを体験してるんだろうし」

「まあね。中一の頃、車にはねられて左肩あたりで着地したらしい。簡単に言うと左腕の神経がいくつか抜けて、左腕が使えないっていうか、手指が動かない。肩だか肘の神経は一部残ってるから、これでも軽い方なんだってさ。ただ、親指と他の指でマジックハンドみたいに動かせるよう、何度か手術して足の筋肉を腕に移植してる。だから走りたくないし、手術の痕が残ってる左手は見せないようにしてた」

「ごめん、もうその辺でいいよ。神経が切れたとか、聞いてるだけで痛い」

「切れたんじゃなくて、脊髄から抜けたんだよ。切れたのは繋ぐこともできるけど、抜けたのは治せないんだってさ。事故当時の記憶はないし、手術だって麻酔してたし。痺れとか引きつりは今もあるけど、薬もらってるし、最近はだいぶ楽になってきてるから平気だよ」

「初めて聞くこっちは、そうはいかないよ」

怪我したとか、血が出たなんて話はちょっと苦手だ。当人が他人事のように軽く言えるのは、他人に説明し慣れているからだろうか。

「とにかく、そんなわけで一年くらい入院した。だから学校は一年ダブってる」

「え、遠野ってまさか年上だったの？」

ちょっと驚いて遠野を見る。なぜか遠野まで驚いたような顔をした。

「そうらしいな。それにしても湯川って、反応がこう、楽でいいな」

「よく解んないけど、ごめん。なんか実感わかなくて」

「いや助かる。いきなり敬語とか使われたらたまらん」

ほっとしたように遠野が息を吐いた。そういうものかなあ、と目の前で遊んでいるペッパーを眺める。無神経なのか鈍いのか、こういう時に気の利いた言動ができない。あら大変ねえ、と近所のおばちゃんみたいに言うのも何か違うような気がする。

「でも、よく一人暮らしなんてさせてもらえたね。普通、逆じゃないの？」

「自分のことは自分でできるようになりたいんだよ。あんまり人の世話になりたくないし。ペッパーが優秀だからある程度サポートしてくれるし、生活の練習って言ったら親も許可してくれた」

「なるほど、ペッパーの世話してるようで、ペッパーの世話になってたのか」

「そういうこと。それに、リハビリとかで通院するのも、病院の近くに住むほうが都合よかったんだよ。実家は遠いし、炊事や洗濯とか生活の練習にもなるし。ペッパーは優秀だけど、いつまでもこいつの世話になっていられないから、とにかく早く自立したいんだ。あんまり考えたくはないけど、レトリバーの平均寿命は十年ちょっとだっていうし」

ペッパーを呼び寄せた遠野は、一瞬だけ泣きそうな子供のような顔をした。寄ってきたペッパーの背中を撫でながら、赤いリードを握りしめる。

「個体差もあるよ。俺の知ってる子で二十年くらい生きてた子もいるし」

「なるべく長生きさせたいとは思うけどな」

遠野が小さく息を吐く。「長生きしようぜ」と俺はペッパーに笑いかけた。

「それにしても、丸一年の入院生活か。そのあと学校って、勉強よくできたな」

俺だったら、ほぼ忘れてると思う。遠野が思い出すように空を見ながら言った。

「学年の終わり頃だったから、区切りは良かったんだ。中一のバレンタインを前に事故に遭って、空白の一年後、ホワイトデーを過ぎた頃に退院。四月から中学二年を年下のクラスメイトとスタート。さすがに担任が俺の事情を話してるから、そいつらは俺の腕のことを知ってる。もちろん篠原も」

どうだ、女子と接点ないだろう、と遠野が笑った。特殊な事情なしで接点ゼロな俺としては何も言えない。

「体育とかどうしたの？」

「もちろんパス。今でこそ普通に歩けるけど、当時はまだ着替えも無理だったから、制服のまま特例で、とにかく歩く練習をさせてもらった。高校は、学校に事情を話して、体育はレポートと見学でパスした。クラスメイトには手足が不自由なうえ、病弱だと思われてただろうな」

「友達いなかったの？」

思い切り無神経なことを聞く。遠野は気にならなかったのか、普通に答える。

「自慢じゃないけど、いなかった。あまり自分のことを話したくなかったから、不自由はなかったんだ。中学の頃はしょっちゅう病院に通ってたし、有賀さんの店にも入り浸ってたし。そしたら近くに大学があって、附属高校もあって、偏差値もそんなに高くないから早々と将来を決めてみた」

「将来って、もう仕事決まってるんだ？」

「目指してる、が正しいかな。入院してる間に有賀さんと知り合って、貴金属装身具製作技能士って職種を知ったんだ。それになりたい。片腕しかまともに動かないけど、将来を丸々諦めるよりはいいと思って、努力してるんだ」

遠野は目を閉じながら、すらすらと語った。口元だけを見ると笑っているようにも見える。それがなんとなく不思議な感じがした。

「それが、有賀さんの仕事？」

「そう。金銀プラチナ宝石で、指輪やブローチなんかを作る宝石職人だよ。実務経験二年以上で二級、二級取れればさらに実務二年で一級を受けられるらしいよ。でも俺の左手はこんなんだから、もっと時間がかかる。十年は丁稚する覚悟だよ。有賀さんはそれでもいいって言ってくれて、いろんな勉強をさせてもらってる。ジュエリーデザイナー的な仕事もできるかもしれないって言ってただろ？」

「なんかすごい。デザイナーか。とたんに芸術の香りがしてくるな」

べっこう飴やブローチに対する熱意を思い出す。まだ重い何かが横たわっている感覚は残るけれど、遠野が好きなことに出会えたのなら、それはすごく喜ばしいと思う。

「大きい会社はデザイナーと技師で部署が分かれてたりするんだけど、有賀さんの所は個人でやってるから、有賀さんは全工程を一人でできる。俺もそこまでできるようになりたい。だから弟子入りさせてもらったんだ。職人である有賀さんがお客さんと話して、一緒にデザインを考えることも多いんだ。大変だけど、その分楽しいよ」

「えらいなあ。俺なんてまだ先のこと、まったく考えてないのに」

アルバイトすらしたことのない俺とは、別世界の人間みたいだ。遠野は薄く笑いながら、深くため息をついた。

「俺は、事故をきっかけに生まれ変わったんだ。もっと障害が重い人達に比べれば、かなりラッキーな人間なんだと思う。好きなことを仕事にすることまで許されて」

すらすらと教科書を読むように遠野が話す。それがなぜか、何かに対して皮肉を言っているように感じた。何も言えなくて黙っていると、遠野が口元だけで笑った。

「どうだ、前向きだろう？」

「……前向きなのは称賛するけどさ、なんとなく遠野、本気で思ってなくない？」

遠野が目を大きく開く。余計なことを言わずに、称賛だけをするのは簡単だし、間違いではないと思う。でも、今それをするのは、遠野にとって残酷なことに思えてしまった。

「解るか」

ふっと息をついて、遠野が恥ずかしそうに笑った。それが一瞬、嬉しそうにも見えた。自分のことを話したくなかったとか、気を遣われるのが嫌だとか、一つひとつの気分は理解できるようにも思えたけれど、それは遠野の中に横たわる重い気配を隠すためのパーツにすぎないような、そんな気がしていた。

「本当は面倒くさくてたまらないんだ、そういうことが」

強い風が通り過ぎる。遠野は風を追うように飛んでいく花びらを見た。

自分が踏み込むことで、他人の結果が変わるのは好きじゃなかった。仮に相手が変化を望んでいたとしても、相手の望む結果を与える自信はない。いきなり間合いを詰めて踏み込むような真似は、どちらかというとしたくなかった。

でも、今の遠野は、自分のことを知ってほしいと望んでいる。誰とも話したくなくて、友人もつくらずにいた遠野が、待っているような気がした。

「前向きは演技か。確かに面倒かもね。……事故のあと、目が覚めてどんなことになってたか、すぐ解ったの？」

「じかに聞かなくても、周りの反応でだいたい解った。痺れてるだけかと思ったけど、左手はもう動かないんだなって理解した。少しは取り乱すところかもしれないけどさ、俺より周りが取り乱してた。事故は親と関係ないところで起きて、俺は何も悪くなかった。なのに俺のせいで家族は葬式みたいになってた。俺が全部悪いみたいで、すごく苛《いら》ついたけど、俺が泣き喚《わめ》いたりする暇はなかったんだ」

「仕方ないかもね」とあえて軽く返すと、遠野も軽く笑った。ふっと表情を消して言う。

「俺がこんななのに、自分達が笑ったり楽しんだりするのは不謹慎だ、みたいな空気になってた。親は悪くないのに俺に泣いて謝るし、姉は笑わなくなるし。俺が居心地悪くて耐えられなかった。俺が変わらないと、みんなダメになると思った。前向きになれるエサを、俺がみんなに与えないといけないんだって思った」

言葉を切った遠野の目が、宙を睨むように鋭くなる。一瞬目を閉じて続けた。

「だから、思いつく限りの前向きな言葉を連発した。『無事だった部分を今までより大切にする』とか『まだ頑張れるって気付くことができた』みたいなことを、周りにさんざん言い聞かせた。嫌で仕方なかったけど、与えられた状況に感謝するフリをしてみせた。もういいってくらい、前向きに努力してるフリをした。どうしようもないことで謝られたり、泣かれたりするのはたくさんだったから」

動けない身体を抱えて、周囲にネガティブな影響を与えるのが嫌で、前向きな人間であろうと演技する。その思考は理解できても、俺に同じことができると思えなかった。

「それでもさ、周りや自分を傷つける方向へ行かなくてよかったよ。ヤケ起こして大量に薬飲んだり、手首切ったりとかさ」

「自分でやる前に勝手にやられてたよ。薬は嫌ってほど飲まされたし、手首どころか腕を切断するかもしれなかったんだ。身体も動かせなくて自殺もできない。だから、全部すっ飛ばして生まれ変わることにした。家族のためにウザいほどいい子になりきって、明るく前向きに努力してみせた。もうヤケになって嘘をつきまくった。そのうち面白くなってきて、前向きで善意に満ちた嘘を他人にもつきまくった」

「……無駄にストレスためる少年だったんだな。ストレスで身体おかしくならなかった？」

「そうでもなかった。心にもないようなことを言うのは得意だったし。俺の嘘はたぶん、『一人でいたい』って望みを叶えるためのものなんだと思う」

そう言って遠野が深く息をついた。一瞬不安になって尋ねる。

「あのさ、ひょっとして、俺ウザい？」

「いや、湯川は基本、何も気遣いしないでいてくれるから楽だよ」

「うん、誉められてないな」

理解したようにうなずくと、遠野は少し恥ずかしそうに笑って言った。

「感謝してるよ。同世代の奴とこんなに話したのなんて、六年ぶりくらいじゃないか」

「なんだ、俺って六年に一度のラッキーボーイなのか。ペッパーに感謝だな」

ぴくり、とペッパーが俺を見る。自分の名前を呼ばれたことに気付いたらしい。遠野はいつもの顔に戻って言った。

「それに、そういう嘘ばっかりついてたのは、中学の頃の話だよ。高校でも友達つくらなかったけど、今はおかげさまでこのとおり、真っ当に社会復帰できたうえに、まだ大学一年のうちから就職の内定まで貰ってる」

にやりと遠野が笑った。内定といえば内定か。成りゆきはともかく、宝石職人っていう仕事そのものは合っているみたいだし。遠野の桜はすでに咲いているのか。

「楓ちゃんに桜の話したのも、その頃？」

ふと思い出して聞いてみた。桜が咲いていたなら、春の話だろう。「ああ」と遠野は、なんでもないことみたいに答えた。

「退院して、二年生として通う新学期直前。留守番してたら電話がかかってきた。落ち込んでるみたいだったから、前向きな嘘で慰めた。心にもないことを言うのは得意なんだ」

左腕が動かず、歩くこともままならない状態で、遠野は走るのが得意だと話をした。

「桜ちゃんと何があったか知らないけど、泣いてたみたいだった。こっちは泣かれるのが嫌で仕方ないのに、間違い電話かけてきてまで泣くなって思ったよ。どうでもいいことで悩んでるみたいだったし。自分の見た目がみんなと違うとか、自分と似てる木が枯れそうだとか。その木と一緒にダメになるんじゃないかとか。くだらないことで悩んでたから、呪ってやるような気分で励ましたんだ。前向きに」

残酷な内容なのに遠野の声は痛々しく聞こえる。俺は肩をすくめてのんびり言った。

「でも中学生なら、ホクロで悩むのも解るよ。木が枯れそうって悩みはどう励ましたの？」

遠野は、答えたくないような顔をした。きっと恥ずかしいことを言ったんだな。そのまま黙って続きを待つ。俺を睨んでいた遠野は、呪文のようにひと息で言った。

「元気がないのはその木であって君じゃないんだから泣かないで、逆に君がその木を元気にしてあげればいい、君の声は素敵だから歌を歌ってあげればいいんじゃないか」

「……卑怯だぞ遠野、そんな隠し球。南多さんを超える逸材じゃないか」

笑いをこらえきれずにいると、遠野は冷めたような口調で言った。

「だからさ、出会いとかそういうのに発展しないんだよ。可愛かろうが名前が解ろうが、関わる気にもならない。自分を隠すために努力してたんだ。きれいに歩く訓練したり、外ではなるべく左手を使わないようにした。傷痕だらけだしさ」

「確かに、歩き方はきれいだよね。足は手術で長くしたわけでもないんだろうし」

遠野の全身を眺める。確かにこいつの歩き方は、ゆっくりだけれどきれいだ。姿勢のせいか歩き方か、実際以上に足が長く見える。

「リハビリの一環で、歩き方の教室に通ったんだよ。普通の人っぽく見えるどころか、それ以上に見えるだろ。印象がいいと、嘘ついてもバレにくい」

そう言って遠野は、南多みたいに流し目で俺を見て笑った。まずい。こいつにあまり自分のスペックを自覚させない方がいいような気がしてきた。俺に不利な予感しかしない。

「でもさ、今はそんなに自主的に嘘ついてるようにも思えないけど」

「入院中は酷かったんだよ。病院っていろんな人が来るからさ、ずっといると変な事情が解ったりするんだ。そういうのを嘘で引っかき回したりしてたんだよ。ゲームみたいに」

「うわあ酷い。ちょっと楽しそうだけど」

中二あたりで陥りそうな病み方だな、と笑うと、実際に中二だったんだよ、と遠野も笑って立ち上がる。すぐに気付いたペッパーがそばに立った。遠野がリードを右手で握り、歩きだす。

「でも、有賀さんと知り合ってやめた。俺は当時、病院では健気で前向きな少年として、ちょっと看護師さん達に人気があった。有賀さんは身内のお見舞いで来てたんだけど、俺とか周りの人と世間話してるうちに、俺がいい子のフリをして、人をわざとおかしな方にそそのかしてるって気付いた。俺が前向きなフリをして、人を蔑《さげす》んでるって気付いた。俺は本当のことを知ってても黙ってたり、逆方向へ他人を後押ししたり、無駄な努力をたきつけたりしてたんだ。枯れかけの木に歌を歌ってあげなよ、ってのと同じで」

遠野が申し訳なさそうに笑って続けた。

「有賀さんは、『今の君に必要なんですね』って言って、俺を否定しなかった。でも俺は、有賀さんにも嘘や心にもないことばっかり言ってたから、しらばっくれてた。有賀さんの見舞ってた人が退院したあとも、有賀さんはにこにこして俺の顔を見に来た。何してる人なのかさっぱり解らなくて、湯川じゃないけど、どっかの先生か神父さんかと思ってた」

「だよね。宝石職人って言われたところで、そういう感じでもないし」

「有賀さんは、自分の話をしなかった。どういうつもりで相手してくれてたのかは解らないし、俺も聞かなかったんだけど、友達みたいに話してくれるから調子に乗ってた。でも、俺の退院が決まって、もう会えなくなるかもしれないって思ったら、急に不安になった。タメ口きいて、嘘もバレてるのにしらばっくれてたのが恥ずかしくてたまらなくなった。そんな自分が有賀さんに、会えなくなるのは嫌だ、なんて言えなかったから、何か前向きで、あの人に気に入られるような理由を考えようとした。でも、有賀さんのことを何も知らなくて、思い付かない。宝石職人だって解ってれば『宝飾に興味があるので、よかったら教えてください』とか言えたんだけどさ」

遠野の顔が一瞬歪んだ。ペッパーが遠野の顔を見る。「右」と遠野に言われたペッパーが、すっと右に寄った。

「退院する日、有賀さんが来てくれた。なんて言えばいいか解らなくて、半分泣きながら今までの嘘を認めて、謝った。すごく恥ずかしくて情けなかったけど、有賀さんのことをもう少しだけ教えてくださいって頼んだ」

その時の緊張が蘇ったのか、遠野は大きく息を吐いて続けた。

「有賀さんは、『そんなに頑張らなくても、僕と君は友達ですよ』って言ってくれた。そのあと、有賀さんは自分自身のことをいろいろと教えてくれて、有賀さんの店に行く約束もした。別れ際、にっこり言われた。『嘘をつくなとは言いませんが、嘘は身体に悪いですよ』……そんなふうに言われたら、有賀さんには嘘つけなくなる」

そう言って遠野が苦笑した。納得してうなずく。

「だから遠野は、あの人に逆らえないっていうか、敵わないんだな。師弟以前に」

遠野の部屋が近付き、ペッパーは安心したように、ぱたぱたと尻尾を振りながら歩く。

今がこんなふうに楽しくいられるのは、すごく幸運なことのような気がする。

「でも、そのまま弟子入りって、よく有賀さんが了承したっていうか、信じてくれたな。あの人なら『無理にそんなこと言わなくていいですよ』とか言いそうな感じだけど」

「しょっちゅう言われてるよ。わざと言って楽しんでるんだよ。なんだかんだでしっかり仕返しされてるけど、俺が本気なのは解ってもらえてると思う」

遠野の顔は少し嬉しそうだった。

「なんか、ちょっと羨ましいな。俺なんか自分で何がしたいのかも解ってないのに」

「お前は与えられてる選択肢が多いからな。それは幸せなことなんだから、のんびり考えればいいんじゃないか。悩む必要なんて……悩んではいないか、湯川は」

「失礼な。確かに将来のことなんて、まだ全然考えてないけどさ」

大学だって雰囲気で決めたし、と呟く。凪はやんで、暮れかかった日の色が赤い。

遠野は顔をしかめると、部屋に到着して鍵を開けながら言った。

「やっぱり少しは悩んだ方がいいな」

探し物はヤバい物？

金曜は、朝から風が強かった。昨日よりも雲の流れが速い。講義の間も、ずっと風の鳴る音が聞こえていた。

午後はまた休講になったので、遠野にペッパーの散歩を提案した。まずは昼食をとるために、二人と一匹でクラーニヒへ向かう。

店内を覗くと、千鶴さんがにこにこしながら手を振ってくれた。なんだか機嫌がいい。店内には篠原もいて、楽しそうにパンを選んでいる。

「ペッパーはこっちね」

パンを選ぶのは遠野に任せて、ペッパーを連れて席の確保に向かう。解っているような顔でくぬぎの木の下に座るペッパーの赤いリードを、椅子の脚に軽く結んだ。

隣のテーブルに篠原がやってきて、パンと紅茶を置いた。ペッパーを見て嬉しそうに笑いかけると、そのあとに俺を見て真面目な顔で会釈した。俺の存在感がペッパーに負けてるような気がする。

「こんにちは」と千鶴さんもペッパーに挨拶に来た。見つめ合う篠原とペッパーを眺めて、千鶴さんに小声で言う。

「やっぱり、種族は違っても女同士の友情みたいなものは強いんですね」

「ふふ、スパイシーな名前ですけど乙女ですからね」

「ねえペッパー」と千鶴さんは水の入ったペッパー用の器を置いて笑いかけた。まだ店内でパンを選んでいる遠野を見ながら、篠原も小声で冗談っぽく言う。

「名付け親の顔が見たいですよね」

くふふふ、と二人の女子が目を合わせて笑った。いつの間にか、篠原と千鶴さんが仲良くなっている。何やら話題になっている気配を感じたのか、店内の遠野がこっちを見た。

千鶴さんが店の中に戻り、俺もあとに続く。

「何の話してたんだ？」

「ん、最終的には遠野の悪口みたいな感じかな」

会計を済ませながらパンを確認する。今日のランチはサンドウィッチに決まったらしい。

ポテトサラダ、トマトチーズ、玉子があふれそうなパンに、ぐっと食欲がわいた。

遠野の右手に容赦なくパンのトレイを持たせる。千鶴さんが振り向いて言った。

「あ、お茶は私が持っていきますから、どうぞ座っていてください」

「えっ、ありがとうございます」

お礼を言って外に出ると、あとから千鶴さんがにこにこしながら紅茶の載ったトレイを運んできた。おしぼりと紅茶を配り、嬉しそうにペッパーを含む全員を眺めている。

「ところで千鶴さん、さっきからどうしたんですか」

人の事情に首を突っ込まないのが常だけれど、さっきから千鶴さんが目をキラキラさせて嬉しそうに俺達を見ている。言いたいことがあるっていうか、聞いてほしいことがあるんです。でも、あなたから聞いてほしいな、って感じの顔に見えた。

「ふふ、実はですね」

千鶴さんは篠原のそばに立つと、眼鏡をクイッと直し、勿体をつけて続けた。

「夕貴子さんが、うちでお手伝いしてくれることになったんです。午後の講義が終わってからですけど」

私達付き合ってます、という芸能人の婚約発表みたいに、お揃いの指輪を見せてくれそうな勢いの千鶴さんに、篠原はちょっと恥ずかしそうに笑いながら、囁くような声で聞いた。

「でも、私、その、こんな感じでも構わないんですか」

「はい、まったく問題ありません。うちは魚屋さんじゃありませんし、お店も狭いので、大声の出る威勢のいいお兄さんよりも、可愛らしい女の子がお手伝いしてくれる方がありがたいんです。それに夕貴子さんはよく気が付くし、素早いし。これで私も急ぎの用事で銀行に行けます」

大々的に発表したわりにはどうでもよさそうなことを、千鶴さんはありがたそうに言う。

「午後の講義終わってからじゃ、銀行閉まってませんか」

さらにどうでもよさそうなことを遠野が聞いた。

「基本、ＡＴＭで事足りてるので、そこは構わないんです。昨日も大変だったんですよ。

ＡＴＭ利用しようとしたんですけど、画面が操作途中のままだったので最初の画面に戻したら、前の人のキャッシュカードが出てきたんです。忘れたまま行ってしまったようなので、慌ててカードを持って走って追いかけたんです。どこの誰だか解らないし、今渡さないと面倒なことになると思って」

遠野と顔を見合わせる。似たような話はどこにでもあるらしい。ちらりと隣を見ると、篠原も複雑な表情をしていた。遠野が続きを促す。

「それで、渡せたんですか、持ち主に」

「はい、なんとか。また戻って並び直そうとしたら、周りの人達が私を一番にと言ってくれたんです。昨日はいろいろといい日でした」

「篠原さんも、そんなことあったよね？」

どさくさに紛れて聞いてみる。「えっ」と動揺して篠原が固まった。やっぱりか。今、それを追及する気はないので、笑いながら話題を変える。

「今までは、アルバイトとかいなかったんですか」

「時々学生さんをスカウトするんですが、卒業してしまいますからね」

少し寂しそうに、それでも千鶴さんが笑って言った。

千鶴さんが店内に戻ったあとは、パンを食べたりペッパーを構ったりしていた。「お先に失礼します」と立ち上がった篠原が、何かを言いたそうにこっちを見る。その時、再び千鶴さんがやってきて、篠原に声をかけた。

「忘れるところでした。住所と連絡先を伺ってもよろしいでしょうか」

千鶴さんが篠原に紙とペンを差し出す。そうでした、と篠原はアドレスを書き、番号を確認するために白いスマートフォンを取り出した。千鶴さんも小さな紙に店と携帯電話の番号を書いて篠原に渡し、その手元を覗き込む。

「あ、夕貴子さんのお家、ここから近いんですね。一人暮らしですか」

「はい」と篠原が囁くような声とともにうなずくと、千鶴さんは嬉しそうに言った。

「それでは夕貴子さん、また午後にお願いします」

「よろしくお願いします」と篠原は千鶴さんに頭を下げ、振り向いて俺達にも会釈した。

バッグを肩にかけた篠原は、また風のように走っていく。食べたあと、すぐに走るとキツいだろうに。

千鶴さんが店に戻ったあと、遠野がぽつりと言った。

「言いたいことはあるんだろうが、恨まれてるわけじゃなさそうだな」

「素直に好かれてるかもって思えば？　まだ期待は捨てなくていいと思うよ」

「ろくに話もしたことない相手に、何を期待するんだよ」

テーブルの紅茶を片付けながら遠野が睨んだ。「それもそうだね」とうなずく。

「俺達っていうか、たぶん遠野になんらかの関心があるのは確かだと思うんだけど」

カップや皿をまとめたトレイを返しに店内へ入ると、千鶴さんが、外でお座りをしてるペッパーに目をやりながら言った。

「今度、ペッパーも食べられるようなパンも焼いてみますね―」

「ありがたいですけど、それ、俺が買わないと売れ残りますよ」

遠野が心配するように言うと、「それが狙いです」と千鶴さんはにっこり笑った。「参ったな」と肩をすくめながら、二人でクラーニヒを後にする。

キャンパスをぐるりと一周して、遠野の部屋に向かって歩く。風が強くなってきたので、早めにペッパーを部屋に入れることにした。部屋に上がり込み、ペッパーに言う。

「面白そうなの見つけたから持ってきたよ。『無添加ヤギミルククッキー』と『国産牛乳さくさくフリーズドライチーズ』のどっちがいい？」

「チーズうまそうだな」

「ペッパーに言ってるんだよ」

バッグから犬用おやつの袋を取り出し、それぞれの中身を取り出す。ペッパーの鼻先に近付けると、フリーズドライのチーズに興味を持ったのか、くんくんと匂いを嗅いだ。

「やっぱりな。ペッパーは俺と気が合うからな」

遠野が得意げに言う。チーズをあげるとペッパーは嬉しそうに味わった。あまりにもおいしそうに食べるので、少しだけ味が気になる。

「犬用のおやつって結構おいしそうだよね。ジャーキーとかビスケットとか。鳥や金魚のエサはあんまりグッとこないんだけど」

「犬用のはグッときたのか、湯川は。その辺にあるやつ食べていいぞ」

呆れたように言いながら、遠野がペッパーのベッドを指差す。ペッパーの宝物みたいに置いてある犬用おもちゃや丸めた軍手に交じって、骨みたいな形の犬用ガムがあった。さんざん味わったあとらしく、歯形でめちゃくちゃになっている。

「牛革でできてる無添加ガムだぞ。ビタミンやミネラルも豊富らしい。ペッパーでも、それ食べ終わるのには時間がかかる。湯川も根性見せてみろ」

「ああ、ガムっていっても犬用のは飲み込めるのか。知らなかった」

牛革か、とペッパーのベッドに近付いて食べかけのガムを手に取る。夢中でこれに齧《かじ》りついてる犬を見ることがあるけれど、そんなにおいしいのか。それとも思い切り齧れるのが嬉しいのか。他のおもちゃも、噛まれることに意義があるかのように歯形だらけになっている。放置されている丸めた軍手は噛みごたえがなくてつまらないのだろう。

「おい、湯川」

無言で犬用ガムを持ったままの俺を心配したのか、遠野が不安そうな声を出す。なんとなく見ていた軍手から目が離せなくて、返事を忘れた。

「湯川、そんなもん本気で食うなよ」

遠野が近付き、ガムを持つ俺の右手を押さえた。手からそっとガムを取り上げる。

「そうじゃなくて、これ」

いつか遠野のバッグに入っていた丸めた軍手を拾って、遠野に見せる。丸まった軍手の折り返しに挟まってる黒っぽい金属をつまみ上げた。円形で、シャツのボタンよりも少し大きく、和風の文様が入っている。

「バッジ、だな」

目を見開いた遠野がバッジを手に取り、裏返した。金属の土台にネジのような突起がついていて、先端に小さな円形の留め金がついている。高校の頃、制服につけていた校章と同じ作りだった。

「まずいな、本当にうちにあったのか」

青い顔で遠野が呟いた。これのせいで南多は、思い切り篠原を疑っている。

「ってことは、『カード』っていうのもどこかにあるかもしれないね」

いっぺん点検しよう、とペッパーの寝床をざっと見て、カードがないことを確認した。

遠野は紺色の大きなバッグを部屋の真ん中に置き、一つひとつ中身を取り出していく。ノートに教科書。筆記用具に色鉛筆。財布に携帯電話。いつもポケットから直接お金を出していたが、ちゃんと遠野も財布を持っていたらしい。携帯電話も、使っているところを見たことがなかった。

「遠野、面倒だから携帯持ってないフリしてたんだな」

「悪い。持ってるのに番号教えないとか、傷つくかと思って。番号教えたところで、使うの面倒だからさ。ほとんど使ってないし」

遠野が申し訳なさそうに言った。妙なところで気を遣われていたことに、思わず笑ってしまう。他にはハンドタオル、本屋のカバーがかかった本、例のルーペにペッパーのおやつなんかがごちゃごちゃと入っている。

「カードはさすがにないか。銀行のやつかな？」

遠野のノートをぺらぺらとめくって、おかしなものが挟まっていないか確認する。いつぞやの石英だか水晶の小袋が出てきた。ほら、と責めるような顔で遠野を見て、教科書を逆さに振る。遠野は空になったバッグを逆さに振っている。残るは、とカバーのかかった本を手に取り、なんとなくタイトルを確認する。

「『愛犬のための手づくりご飯』……か」

遠野が黙って目を閉じた。自分の食事はクラーニヒで済ませるくせに、ひそかに可愛いことを考えていたらしい。ページをめくると、犬に必要な栄養素や、与えてはいけない食品が細かく載っていた。葱や塩分、生卵にほうれん草、チョコレートはNGとある。

「本当に葱駄目なんだな」

犬っていいなあ、無理やり食べさせられたりしないんだなあ、とさらにページをめくる。肉料理やカレー、じゃがいも料理が目に入る。遠野がこんなものを作るのだろうか。

「お、あったぞ遠野」

俺を無視するように顔を背けていた遠野に、肉だんごスープのページを見せた。遠野が驚いて目を見開き、恐るおそるそれを手に取った。

「これって、カードって言うのか？」

「カードはカードかもしれないけど」

肉だんごのページに挟まっていたのは、銀行のキャッシュカードでもハートのエースでもなくて、見知らぬ人の免許証だった。

「誰だこれ？」

名前を聞いたこともなければ、住所もこの辺ではなかった。見知らぬおっさん、『斎藤《さいとう》』の免許証を凝視する。

「バッジとカードは揃ったけど、なんか変だね。学食で話した時、南多さん、『人から預かった細々した物』とは言ってたけど」

「でも普通はこれ、『免許証』って言わないか。こんなもの、どうして預かってるんだ？」

「カードっぽいものだとは言ってたよね。持ち主は困ってるはず」

「この人は南多さんの知り合い、だよな。普通に考えれば。南多さんに返すのが一番近道なんだよな……」

遠野はそう言いながらも、南多に渡すのは抵抗があるようだった。俺は紺色のバッグに遠野の荷物を戻す。

「そうなんだけどさ、南多さんが最初から普通に、知り合いの免許証とバッジをなくして困ってる、って言わなかったところが引っかかるよね」

「探し物が南多さんの物なのかって聞いた時、キレかけてたしな」

「困ってるは困ってるみたいだけどね。このバッジってなんだろう？　この人のかな？　学校の校章とかでもなさそうだし」

「弁護士バッジでも税理士バッジでもないな。司法書士のバッジに雰囲気は似てるけど、桐の形が違う。見たことないから、なんにせよ検察官とか裁判官とかのメジャーな士業の徽章《きしょう》ではないと思う」

「なんでそんなこと解るの？」

やだ怖い、と怯えるように、隣でお座りしているペッパーの首に抱きつく。

「宝飾デザインの本を読むついでに、紋章とかモチーフの意味を調べたことがあるんだ。弁護士のバッジは『自由と正義』の向日葵《ひまわり》に、『公平と平等』の天秤とか」

なんでもなさそうに言って、遠野がペッパーのおもちゃを転がした。ペッパーが俺の腕を抜けておもちゃを追う。

なるほどねとバッジの裏を見ると、篠原のブローチと同じく刻印が入っていた。『Pt900』とある。プラチナの純度が九十パーセントってことだったような。

「そしたら、これ有賀さんに見せてみない？　一応は貴金属だし、遠野よりも妙なことに詳しそうじゃない？」

「俺は妙なことに詳しいつもりはないけどな」

遠野がこっちを睨みながらも立ち上がった。ペッパーが外に出る気配を察し、リードを咥えて遠野に見せた。よく訓練されているんだなあ。

外は生暖かく、風がより強くなっていた。雨の気配はない。ペッパーはちょっとハイになっているのか、いつもより元気にふんふんと鼻を鳴らしている。ペッパーのテンションにつられて、少し早足になりながら言った。

「南多さんは、財布を遠野のバッグに落とした。見ていた篠原がダッシュでそれを拾って届けたけれど、財布の中のバッジと免許証は遠野のバッグに残った。篠原は『私が持ってます』って言ってるのに、あの人は俺達に近付いて、本当の理由を言わずにバッグの中を確認しに来た」

下り坂に差しかかる。有賀さんの店が見えてきた。遠野は黙ったまま考えている。

「そのあと篠原は、なぜか遠野のバッグから石英の袋を持ち出した。理由があるとしたら、それが南多さんの探し物だと思ったから、だと思う。これって、南多さんが『何をなくしたのか』を言わないからだよね。バッジや免許証だって言ってれば、篠原も石英なんて持っていかなかったんじゃないかな。南多さんは、なくした物がなんなのかを、篠原にも俺達にも言いたくなかった。だから俺達に興味があるみたいなフリをして、さりげなく遠野のバッグからバッジと免許証を回収しようとした」

有賀堂に到着する。ちらりと店内を窺うと、来客の気配はなかった。遠野がペッパーのリードを脇に結びながら言った。

「南多さんは、探し物が他人の免許証であることを知られたくなかった。篠原は、その探し物が石英だと思い込んで、お菓子に交ぜて南多さんに渡した。そこが解らないな」

遠野が「おはようございます」と有賀堂のガラス扉を開けた。「待っててね」とペッパーに手を振って遠野に続く。

有賀さんは奥で紅茶を淹れようとしていた。白地に銀の縁取りが入ったティーセットが二客置いてある。「いきなりすいません」と謝りながらも、遠野が荷物を下ろす。慌てて俺も顔を出して謝った。

「すみません、すぐ帰りますから」

「いえいえ、でしたらみんなでお茶を飲みましょう」

有賀さんが奥の棚から、ティーセットをさらに二つ取り出した。「手伝います」と遠野が左手をポケットから出して、水道でゆっくり手を洗う。有賀さんは手元にある白い扇子でそよそよと扇《あお》ぎながら、楽しそうな声を出した。

「おや、左手解禁ですか」

遠野は聞こえないフリをしようとして失敗したのか、少し遅れて小さく言った。

「バレたんです」

火にかかったヤカンに水を足す。添えられる遠野の左手は、どこか動きがぎこちない。

「体育とか、どうするつもりだったんだよ」

「適当にごまかすか、仮病でも使おうと思ってた。だいたい、大学の授業に体育があると思ってなかった。なんで経済学部で体育があるんだよ」

そんな理不尽なことを言われたって大学も困るだろう。有賀さんも扇子で口元を隠し、小さく笑った。遠野がティーポットに少しだけお湯を入れる。器を温めているらしい。

「それを言うなら、遠野の本棚見た時も、入る大学間違えてると思ったよ。なんで宝石とか鉱物とか装飾デザインで経済学部なんだよ」

「それを言われると、そもそも大学に行く必要があるのかって話なんだけどな」

遠野がため息をついて、ちらりと有賀さんを見た。有賀さんは扇子を白衣のポケットにしまうと、遠野の隣に立ってポットを手に取った。あとは僕がやりますよ、とにっこり笑う。少し悔しそうな顔をする遠野に、有賀さんは穏やかな声で言った。

「僕の先輩達には、大学なんてこの仕事に関係ないとか、意味がないなんて言う人もいましたが、僕にとっては無駄ではありませんでした。何より楽しかったんです。遠野君にも有意義で楽しい経験が待っているなら、素晴らしいことだと思いますよ。だいたい、独立して社長さんになるなら、経済学や経営学の勉強は必要になりますからね」

「俺は当分、そんなこと考えられません。遠い話を有賀さんは軽く言うんだから」

「上を目指すことは恥ずかしいことではないですよ。平社員のままでいいなんて言うより、夢や希望があって前向きじゃないですか」

紅茶を注いだカップをトレイに載せて、有賀さんは微笑んで遠野を見た。穏やかな香りが漂うなか、遠野は右手で眉間を押さえ、こらえるように目を閉じている。なるほど、『無闇に前向きな後押し』をしていたことにはしっかり逆襲されているんだなあ。有賀さんの味方をした方が面白そうだ。

「いけるよ遠野。欲張るのは悪いことじゃない。職人としての技術、デザイナーとしてのセンス、さらに経営力も兼ね備えた大物新人アーティストが世界に羽ばたいていくのを、有賀さんも俺もみんな待ってるんだ」

「そういうレベルには程遠いんだよ。練習させてもらえてるおかげで、こんな左手でも、そこそこ使えるようになってきたけど」

「ほら」と、遠野がいきなり左手の親指を右手でぐにゃりと反らせてみせた。ほぼ直角に曲がっている。

「ちょっと何それ怖い、やめて」

「石を支える大事な指なんですよ。自然に曲がるようになっちゃうんです」

応接テーブルに紅茶を配った有賀さんも、左手の親指を直角以上に反らせてみせた。やだこの二人、怖い。

勧めてもらった紅茶を飲みながら、遠野がポケットからバッジを取り出した。

「ところで有賀さん、これ、なんだか解りますか」

「今度はなんですか」

有賀さんがバッジを手に取り、一瞬眉を寄せて黙り込む。その時、表で車の停まる音が聞こえた。ドアの閉まるばたんという音に、なんとなく恐怖を感じる。まさか。

「おう、取り込み中か」

有賀堂の扉が開いて、低い男の声が響いた。先日見た、ちょっとおっかない男の人が、ぬっ、と覗き込む。緊張して固まっていると、有賀さんが顔を上げて穏やかに笑った。

「ああ、お待ちしてました」

……お待ちしてたんだ。それは仕方ないよねどうしよう、と考えている隣で、お茶を、と遠野が立ち上がって給湯室へ消えた。卑怯だぞ遠野、と心の中で文句を言いつつ立ち上がり、ショーケースに夢中になっているフリをして、さりげなく有賀さんに言う。

「あの、お仕事の話だったらどうぞ、部外者は席を外しますから」

「気を遣ってくださらなくても平気ですよ。この人は仕事と関係ありません。湯川君は、師匠とか職人さんって、厳しくて愛想がなくて、無口で、怖いイメージって言ってましたから、この人もそう見えたんでしょうか」

「いえ……」

そう思ったことにしておいた方がいいような気もするので、曖昧《あいまい》に笑いながら、戻ってきていた遠野の隣に座る。緊張しながら頭を下げると、優しい声で有賀さんが言った。

「大丈夫、ヤクザみたいなものですけど、ヤクザじゃありません」

かたっ、とカップを持った手が震えた。遠野が聞かなかったような顔をして紅茶を飲む。

本人を目の前にヤクザとかヤクザじゃないとか、勘弁してほしい。ヤクザみたいなものなら、どっちにしろ問題があるような気もする。目の前の男の人が、忌々しげに言った。

「ヤクザみたいなもんでもねえよ」

「でも職場には日本刀なんかもあるんですよ」

「違うっつってんだろ」

男の人がため息をつく。有賀さんはどうして平気なんだろう。

ヤクザのようでヤクザではないらしいその人は、大柄で恰幅のよい四十代くらいの男性で、ちょっと大きめの顔は、普通に怖かった。今日も紫がかった大きな襟のシャツを着ていて、首には金の鎖、袖口にも腕時計の金色のベルトが、ヤクザっぽくぎらりと光っている。

あんまり会話に参加したくないのに、有賀さんは楽しそうに、「こちらは遠野君のお友達の湯川君です」と俺を紹介した。とにかく深々と頭を下げる。

「そしてこちらは柳川《やながわ》さんといって、僕の友人です。お仕事はもちろん、ヤ……」

「……ブランドリサイクル店の経営、だろ」

柳川さんが有賀さんを遮って言う。有賀さんが小さく噴き出しながら補足した。

「一応、正しくは質屋ですよ。本来は物を担保にお金を貸すのが本業です」

「そうなんですか」と紅茶を飲む。質屋さんっていう職種がぴんとこないので、それ以上の返事ができない。柳川さんは、「どうでもいいだろ」とチャックの付いた透明の袋を取り出し、中に入っている金色の太い鎖と華奢《きゃしゃ》な時計をテーブルに置いた。

「今日は18金の喜平ブレスレットと金無垢時計。時計部分は壊れて修理に出す気もないって話だ。安くしとくぞ」

「石はないんですね」と有賀さんは残念そうにそれを受け取ると、思い出したようにさっきのバッジを柳川さんに見せた。

「ところで柳川さん、これを見ていただけませんか」

「……こんなもん、どこで手に入れた」

柳川さんが驚いたように目を見開く。その目がぎろりと動いて俺達を見た。本気で怖い。

遠野が不思議そうに尋ねる。

「こんなもんって、これなんなんですか」

「ヤクザの代紋じゃねえか」

柳川さんは太い指で小さなバッジをつまむと、睨むように目を細めながら、ヤクザの組らしき名前を言った。首を傾げる有賀さんに柳川さんが続ける。

「青松の方から分かれた新興ヤクザだよ。若い奴が先月捕まっただろ？」

「そういう話を、こちらが当然知ってるみたいに話さないでください」

白い扇子でゆらゆらと扇ぎながら、困ったように有賀さんがため息をついた。

「よく知らないんですけど、それってなんなんですか」

遠野が尋ねると、柳川さんは言葉を探すように腕を組んだ。有賀さんが明るく言う。

「平たく言えば、ヤクザの社員証みたいなものでしょう」

「そんなもんか。で、どっから持ってきた？」

柳川さんは前かがみになって、ぎろりと俺達を見た。仕方なく、病院で起きたことから説明する。免許証を柳川さんに渡すと、有賀さんが隣から覗き込む。免許証の男は斎藤成実、ナルミだかシゲミだか知らないけど今年四十四歳らしい。俺より二つ下か、と柳川さんが免許証をテーブルに置いた。有賀さんがその顔写真を眺めてうなずく。

「僕より一つ上です。これはちょっと欲張りで、人の物まで欲しがるタイプの顔ですよ」

それ有賀さんじゃ、と困ったような顔をする遠野がバッジを見ながら言った。

「この斎藤って人がバッジの持ち主なのか。だとしたらこの人、ヤクザなのか」

免許証の男は、優しげとは言わないまでも無害な顔に見えた。写真の首元からすると、着ているのは地味めなスーツだ。

「南多さんはヤクザじゃなさそうだし、その可能性が高いよね。南多さんが言いたくなかった理由はこれじゃない？　身内だか知り合いがヤクザだってことを隠したい」

「この免許証見ただけでヤクザかどうかなんて判別できないだろ。バッジだって普通の人には解らないだろうし」

そう言ったあと遠野は、「あっ」と柳川さんを見て固まる。笑うに笑えないまま、俺もテーブルの免許証を手に取った。

「もう少し悪そうな顔して、それっぽい髪型とか服着てればヤクザに見えなくもないけど。……あっ」

もう一度、写真を凝視する。

「この人、あの時病院にいたかもしれない。写真と全然違って見えるけど、同じ人だよ。雰囲気が違いすぎてて気が付かなかった。あの時、篠原の後を走っていった男の人だ」

「どんな奴だ？」とテーブルの上で手を組んだ柳川さんが低い声で聞いた。どんなってその、と表現に困って、しどろもどろになる。

「世間で言うところのチョイ悪ですか？　柳川さんみたいな」

有賀さんが難しい質問をする。柳川さんみたいかと聞かれたなら、そこまで本格派には見えませんでした、と答えざるを得ない。しかし、そうは答えられない。

「勘違いかもしれないですけど、この写真より怖い感じでした。服装はヤクザ風ではなかったですけど、少し派手めなスーツっていうか、服より、顔とか雰囲気がちょっと」

「とにかく、そいつのなんだろ」

面倒くさそうに柳川さんがバッジを見る。有賀さんが免許証を覗き込んで言った。

「要するに、その南多君と篠原さんのお二人は、この斎藤という人に追われていたということでしょうか」

「いえ、篠原は財布を届けただけなので無関係だと思います。バッジと免許証が入った財布を持っていたのは南多さんで、バッジと免許証を探してるのも南多さんだし。湯川が見た男が斎藤って人なら、南多さんに用があったんだと思います」

「ってことは本来、南多さんと斎藤って人の問題だね。ヤクザとモメてるなら、それこそ警察に相談した方がいいかもしれないけど、ヤクザと決まったわけでもないし。怖かったけど別に刺青《いれずみ》もなかったし、頭もパンチパーマじゃなかったし」

ちょっと安心したように言うと、「今時そんなヤクザこの辺にはいねえよ」と柳川さんが呆れたようにため息をついた。そういえば柳川さんもパンチパーマではない。

斎藤って人が何者でも、免許証とバッジは警察とか真っ当な大人が立ち会うところで、南多と斎藤という人に返すのが一番いいような気がする。バッジをじっと見ていた遠野も、さすがにヤクザ絡みとなっては南多が気の毒だと思ったのか、心配そうな表情で言った。

「早く南多さんを探した方がよさそうだな。今からでも大学に戻って探すか」

「篠原のことも変に疑ってたしね」

有賀さんと柳川さんにお礼を言って立ち上がり、自分達が使ったカップを片付けていると、電話が鳴った。有賀さんが電話を取り、二言三言話すと遠野を呼んだ。右手で受話器を持ち、「代わりました」と遠野が話す。

「千鶴さん？」

遠野が驚いて手招きした。駆け寄って何事かと受話器に耳を当てる。微かに千鶴さんの声が聞こえた。

『よかった、遠野君達がいて。夕貴子さんはそちらにいませんか』

「夕貴子……ああ、篠原のことですか。さすがにいませんが」

千鶴さんの声が少しだけ硬いように聞こえた。遠野がスピーカーホンのボタンを押すと、有賀さん達が振り返る。

アルバイトは、午後の授業が終わったあとって話だった。四時半には店に着くだろう。壁の時計を見ると五時になろうとしている。

あんなにノリノリで、初日から遅刻か、やなるな。

「連絡はしてみたんですか」

『それが、夕貴子さんの携帯、呼び出し音はするんですが、出ないんです。それだけなら困らないんですけど、夕貴子さんの部屋の窓が開いているのが気になって』

「どういうことですか」

『四時頃にいったんお店を閉めて通りかかった時、夕貴子さんの部屋を見たら窓が開いていたんです。そのまま留守にしているなら、教えてあげようと思ったんですけど』

「篠原の家ってどこなんですか」

『有賀さんのお店の近くです。線路沿いの、ほら貝みたいな遊具のある公園です。あのそばにあるアパートなんですけど』

千鶴さんが心配そうな声で言う。遠野は目を閉じて必死に考えている。理解したのか、目をぱちっと開けてこっちに目配せしながら言った。

「屋根が緑の、小さいところですよね？　ちょっと様子見てきます」

『すみません、お願いします。二〇二号室です。心配なので私もあとから向かってみます。気をつけてくださいね』

「千鶴さんこそ」と、遠野は受話器を置いた。「荷物は預かりますよ」と言ってくれる有賀さんに頭を下げて店を出る。

「すみません、ちょっと行ってきます」

遠野はペッパーのリードを持って早足で歩き始めた。

——何度目の着信なのか、ブーンという音だけが部屋に響いていた。

午後の授業が早めに終わり、アルバイトの前に一度部屋に戻ることにした。

篠原が部屋のドアを開けたとたん、真後ろから室内に突き飛ばされた。後ろにいた人物もそのまま入ってくる。今まで何の気配も感じなくて、まさか自分の真後ろに誰かがいるとは思っていなかった。声を出すどころか、何が起きているのか理解できない。起き上がろうとしたところを、もう一度頭を押さえられ、床に打ち付けられる。くらくらとめまいがした。

「いい加減にしてもらえないかな」

髪を強く摑まれて、無理やり顔を上げさせられる。目の焦点が合うのに時間がかかった。その人物は、普段よりも目が吊り上がって血走っているが、南多だった。

「あれを返せば僕は解放されるんだよ。どこにやった？」

頭と身体を少し打っただけなのに、力が入らない。南多は、篠原の頭を摑んでいた髪ごと、叩きつけるように突き飛ばした。髪が何本か引きちぎられる音がして、部屋に転がる。ぼんやりした視界の端で、南多が靴を脱がずに室内へ上がり込み、部屋中を物色し始める。

篠原はうつ伏せの状態から、手をついて上体だけを起こした。

「『あれ』ってなんですか。私が隠したと思ってるんですか」

「まだそんなふうにしらばっくれるのか」

南多は篠原が持っていたバッグをひったくり、逆さにして中身を床にばらまいた。苛々しながら一つひとつを検める。財布やノート、手帳からも目当ての物は見つからないのか、腹立たしげにそれらをすべて床に叩きつけていく。

「君は、なんのために僕にあんな嘘をついたんだ？」

南多は普段よりも高い声で、篠原を見ずに言った。

南多は白い机の引き出しを開け、その中を必死に探した。次にクローゼットへと向かい、乱暴に扉を開ける。ブーンという音が響く。

「ああもう、うるさいよコレ」

南多は、マナーモードに設定されている篠原のスマートフォンをつまみ上げ、ベランダの窓から外に投げ捨てた。

「声も出ないくせに、いらないじゃないか」

苛々と頭を掻きながら、南多は、篠原が着ているクリーム色のスプリングコートの襟を摑み、引き剝《は》がしながら突き倒す。そのままコートのポケットを探り、何も入っていないのを確認すると、篠原を睨みつけた。コートの下に着ていた白いブラウスとグレーのスカートにポケットはない。ただその襟の裏に、白く光る蝶のようなものが隠れて見えるだけだった。南多は手にあるコートを床に叩きつけ、甘く、気味の悪い声を出す。

「ねえ、どうして僕に隠し事をするんだ？」

「そっちこそ、どうして本当のことを話さないんですか」

弱々しい声で篠原が尋ねる。床にばらまいた荷物を探っている南多に続けた。

「あんなものに関わって、本当に解放されると思ってるんですか」

ゆっくりと立ち上がりながら真剣な声音で説く篠原に、南多は吐き捨てるように言う。

「なんの話？　悪いけど、君の言うことを聞く気はないね」

南多は部屋を漁る手を止め、篠原に近付いていく。

「必要なんだよ。僕は悪くない。僕が謝る必要なんかない」

「それなら私ももう、あなたの心配はしません」

次の瞬間、鈍い音とともに篠原の身体が床に転がった。顔を張り倒されてうずくまる篠原の首を摑み、歯を剝《む》いた南多が再び床に叩きつける。その衝撃で、銀色の蝶が飛んだ。いくつかの石が床に散る。

「君は、いったいなんなんだよ。なんのために僕を、こんなふうに困らせるんだ。僕を心配してくれてるんだろう？　僕のことをずっと気にしてたじゃないか」

篠原は動けないまま、ぼんやりと南多を見ながら、かすれるような声で言った。

「もう少し、あなたがまともな人間だったら、少しは心配したかもしれません」

南多の額に青筋が立つ。篠原の小さな身体に馬乗りになると、怒りに任せてその首に手をかける。篠原はぼんやりと南多を見た。

「僕の方が圧倒的に上なんだって、まだ解らないのか？　あんなもの隠してるからって、僕より優位に立ってると思うなよ」

「私が、何を、隠してる、って」

「しらばっくれても無駄だよ。もう僕は君に騙されない。どこにあるんだ？」

南多が一瞬、篠原の首から力を抜いた。篠原は辛そうに咳《せ》き込みながら言う。

「本当に私は、隠してなんか、ないです。警察に、行くべき」

「余計なことはいいから早く話せよ。あの人の免許証とバッジ以外は用がないんだから」

「免許証?」

首元を押さえつけられながらも、篠原は驚いて聞き返した。

「あの人、って上村っていう人ですよね。免許証は持っていたじゃないですか」

篠原が疑わしげな目を向けると、南多はぎゅっと顔を歪めた——。

黒き乙女の突進

線路沿いの道を急ぎながら進む。遠野は、速く歩けても、走るのは難しいようだった。ペッパーも解っているのか、必要以上のスピードは出さない。角を曲がると、千鶴さんが言っていた『ほら貝みたいな遊具』が見えてきた。その奥に小さいアパートが見える。

「緑の屋根、あそこだな」

遠野がアパートの屋根を指差す。ペッパーはリードを持つ遠野の手を、鼻でとんとんノックするように押す。手を離してという意思表示に、遠野は躊躇しながらもペッパーを離す。するとペッパーが突如、ものすごい速さで走りだした。

「湯川、頼む」

「よしきた」

遠野には千鶴さんと合流するよう頼み、ダッシュでペッパーを追いかける。車や人の気配がなくてほっとした。『ほら貝みたいな遊具』の公園を過ぎ、緑の屋根のアパートに近付く。やっと追いついてリードを持とうとすると、ペッパーはアパートの裏側に回り、何か白っぽいものを咥えようとしている。

それは白いスマートフォンだった。電源を入れてみると、不在着信が八件とあって、発信者は『千鶴さん』とあった。篠原の物だ。思わずぞっとして、上の部屋を見上げる。

二〇二号室の窓は開いている。強すぎる風に、クリーム色のカーテンがばたばたと揺れているのが見えた。急いで階段を上り、ペッパーの尋常ではない反応に促されて篠原の部屋へ向かった。音もなく揺れる半開きのドアが目に入り、まるでうなずくようにペッパーが俺を見る。ためらう間もなく急いでドアを開けた。

シンプルな白っぽい印象の部屋。手前にはこぢんまりしたキッチン、奥には淡い色の机や家具が見えた。窓際でカーテンが揺れる。床には小物が散乱していて、その中心に、篠原の首に手をかけてのしかかっている南多の背中が見えた。

口を開くより早く、ペッパーが脇を駆け抜けて南多に飛びかかった。突然ドアが開いて何が起きたのかも解らないところに、大きくて真っ黒な犬が突進してきて、南多は驚く暇もないまま弾かれたように突き飛ばされた。

驚きながらも立ち上がる南多の前で、篠原を守るように三五キロのペッパーが立ちはだかる。南多が怯えたように後ずさった。

「何してるんですか」

南多を睨んで急いで部屋に上がり、篠原の前に膝をついて抱き起こそうとする。しかし篠原は「大丈夫です」と自力で起き上がった。唇を切ったのか、口元に血が滲《にじ》んでいる。

やれやれ、というふうに体勢を立て直した南多は、唸るペッパーから距離を置きつつも、服を手で払いながら取り繕うように言った。

「どうしてこんなところに。僕達の邪魔しに来たのかな？」

「そういうことになりますね。それで、何をしてたんですか。どう見ても仲良くしてたようには見えませんよ」

ばたばたと風に揺れるカーテンを押さえて窓を閉める。引っ越してきてすぐなのか、篠原の部屋にはほとんど余計な物がなかった。シンプルなベッドと机、その上には小型のノートパソコンと、可愛らしい丸みのある白いカップ。机の引き出しはひっくり返されて、床にもばらばらと小物が散乱している。クリーム色のコートも捨てられたように床に落ちていた。南多が、篠原に寄り添っているペッパーを迂回《うかい》するようにゆっくりと玄関側へ移動しながら言った。

「別に、君になんの関係もないだろう？」

「関係あろうがなかろうが、こんなことをして許されると思ってるんですか」

「こんなことって、どんなことかな？　君が何を知ってるっていうんだよ」

南多は強気で言い返す。ペッパーを見ようとしないのは無意識らしい。

「だったら、どういうことなのか、はじめから説明してくれませんか。篠原の部屋に土足で上がり込んで、部屋を荒らして、首締めて怪我させていい理由を」

今まで他人に強く敵意を持つことはなかったけれど、さすがに許す気持ちは起きない。さっきまで同情して助けてあげようと思っていたのが嘘みたいに。

「何を真面目に熱くなってるんだよ。勘違いしてるんじゃないか？」

何事もなかったかのような顔をして、南多は平然と逃げようとする。そのまま玄関のドアに手をかけた瞬間、そのドアが勢いよく開いた。

「勘違いしてるのはそっちでしょう、南多さん」

左手をポケットに突っ込んだままの遠野が、右手でバンッとドアを叩いた。その後ろには眼鏡をかけた女の人が見える。三角巾を取った千鶴さんだった。

千鶴さんは、遠野に通せんぼされている南多の脇を抜けると、靴を脱いでスッと篠原に駆け寄り、保護するように抱き寄せた。唇の血をハンカチで拭い、怪我がないかを確かめる。遠野が冷たい声を出した。

「篠原は何も隠してませんよ。それに、南多さんに非がないなら、探し物を手伝ってあげますから、詳細を教えてください。誰の物で、どんな物で、どういう経緯でそれを南多さんが持っていて、どういう理由で俺のバッグに落としたのかを」

遠野が南多をまっすぐに見た。ペッパーも南多を睨んでいる。篠原は千鶴さんに気遣われながらも立ち上がり、かすれるような声で言った。

「本当に私は何も隠していません。遠野君達も関係ありません」

「その女は嘘吐きだ！　みんなこいつに騙されてるんだ」

篠原を指差し、混乱したように喚きながら、南多は遠野を突き飛ばして逃げる。その腕を摑もうとする遠野の右手を、南多が振り払って出ていく。急いで俺が追おうとすると、篠原がそれを止めながら申し訳なさそうに言った。

「あの、今はもう、いいですから」

千鶴さんは、足元の壊れたブローチと、落ちてしまった細かい石を丁寧に拾っていた。

千鶴さんは手早く篠原の部屋を片付け、汚れた床をきれいに拭いた。ペッパーは玄関で遠野と一緒に立っている。そういやペッパーも土足だったよね、と謝ると、篠原は緊張が解けたのか深く息を吐いた。怪我はない？と聞くと、恥ずかしそうに篠原は下を向いた。

「ぶつけただけです。痣《あざ》になるかもしれないですけど、問題ありません」

囁くような声で言ったあと、篠原は店をすっぽかしたことを千鶴さんに謝り始めた。

「今日、暇だったので大丈夫です」

千鶴さんはそう言い切って笑った。それならよかった、とも言えずに、篠原はもう一度頭を下げる。なんとなく、いつもの雰囲気に戻りつつあった。

片付いた部屋の隅で、淡い色の小物やピンク色の細長いバッグが目に入る。妙に可愛いけれど実用的には見えない。女の子の持ち物って、ちょっと不思議だ。

篠原が囁くような声で言った。

「あの、ありがとうございました。私、皆さんに謝らないといけないことがあるんです」

「いや、それを言うなら俺達も篠原さんに謝らないといけないことがあるんだ。できれば今から、ちょっと近くまで付き合ってもらえないかな。他にもその辺の事情を聞かせたい人がいるんだ」

「では、みんなで行きましょうか」

千鶴さんが篠原の髪を指で梳《す》きながら言った。奇跡的に無事だったスマートフォンを渡すと、篠原は身の回りのコートやバッグを持って外に出た。ペッパーが鼻をふんふん鳴らしながら篠原の匂いを嗅ぐ。篠原は歩きながら、「ありがとペッパー」と小さく言った。

「それにしても、こんな時くらいは大声出せばいいのに」

遠野と千鶴さんが話しながら前を歩いている隙に、冗談っぽく篠原に言ってみる。篠原は恥ずかしそうに小声で応えた。

「そんなことしたら、本当に殺されてしまうかと思って」

「そうしなくても十分、その可能性はあったと思うけど」

「その時は、本気出そうと思ったんです」

囁くように篠原が冗談を言った。


有賀堂に戻ると、柳川さんの車はまだ停まっていた。篠原と千鶴さんが怖がるのではないかと心配したけれど、篠原はいきなり宝石店に連れてこられたことの方がびっくりしたらしく、珍しそうに店内を見回している。千鶴さんは柳川さんを見ても、にっこり笑うだけで特別な反応はない。有賀さんと同じく知り合いらしかった。

有賀さん達に篠原を紹介して、部屋で起きていたことを話す。篠原に確認すると南多が探していたのは、やっぱりバッジと免許証で、南多はそれを病院にいた男に返すために篠原を襲ったという。

「お前ら二人、雁首《がんくび》揃えてそいつを逃がしてきたのか」

柳川さんが『無添加ヤギミルククッキー』と『国産牛乳さくさくフリーズドライチーズ』をペッパーに食べさせながら、呆れたように言った。

「逃がす気はなかったんですけど」

追加で椅子を持ってきた遠野と目を合わせる。仕方がなかったんです、と篠原が慌てて弁解した。紅茶を並べながら有賀さんも聞く。

「免許証とバッジを返す話はしなかったんですか」

「完全に気が変わった。返さないことにしました」

「右に同じ」

椅子に座った遠野も当たり前のように言った。有賀さんは、篠原と千鶴さんにテーブルの席を示して紅茶を勧める。篠原が驚いた顔をして小声で聞いた。

「あの、返してあげないって、どういうことですか」

「それなんだけど、篠原さんに謝らないといけないことがあるんだ。あの人が篠原さんの部屋で探してたのって、なくなった免許証とバッジって言ったよね？」

申し訳なくて声が小さくなる。荒らされた部屋。殴られて切れた唇。本人は平気そうにしているけど、本当は怖かっただろう。

「免許証と、バッジ……本当にあったんですか」

篠原が目を見開く。遠野も神妙な顔で頭を下げた。

「それについては本当に悪かった。もう少し早くこっちでなんとかしていれば、篠原は今日、あんな目に遭わずに済んだ」

「いえ、私が余計なことをしたのが原因です、ごめんなさい。でも、バッジはともかく、免許証って誰のですか」

「それはもちろん、病院で南多を追いかけてた斎藤って人」

すでに南多のさん付けは廃止して話す。篠原は小鳥のように首を傾げた。

「……病院で南多さんを追いかけてた人の名前は、『上村』ですよ?」

「えええ? そんなわけないよ。ちゃんと顔見たんだし、間違いない」

「私も上村という人と話しましたし、免許証も見ました。間違いありません」

「ちょっと待て。はじめっから話してみろ」

隅の方から野太く低い声が響いた。柳川さんが俺と遠野を睨みつけて言う。

「まずはお前らも含めて、どうして病院にいたのか話せ。そもそもそこからおかしいだろ」

「俺と湯川は純粋に病院に用事があったんです」

遠野が顔を上げて言う。有賀さんは篠原を気遣うように話しかける。

「僕も夕貴子さんとお呼びしてよろしいですか? 夕貴子さんは、遠野君と湯川君を前から知っていたんですよね、それはいつ頃からですか」

「大学に入ってからです。中学の頃のクラスメイトだと気付いてから、湯川さんと二人でいるところを時々見かけました。でもあの時、病院にいるのは知りませんでした。私は南多さんの後をつけていて、偶然湯川さんを見たんです」

「南多の後を？」

　遠野が目を開く。篠原は冷えた手を温めるようにカップを両手で持ち、小さく言った。

「南多さんは学部が同じなのと、新入生の女の子達に声をかけたりして目立っていたから知っていたんですけど、偶然、何度か、あの人が駅や電車の中で他人のバッグや上着とかを黙って持ち去るところを見てしまったんです。初めは、私の勘違いかと思ったんですけど、本当のことが気になっていて、確かめたかったんです」

「なんでそんな危ないことを」

　思わず呆れたような声が出る。結構強気なんじゃないの、この子。篠原は強気な話を弱々しい声で続けた。

「深く関わるつもりはなかったんですけど、月曜日に突然病院へ向かったのを見かけて、一応、後をつけてみたんです。何か理由があっての行動かもしれないと思って。混んでいたからすぐには近付けなかったんですけど、気が付くとあの人は、それまで持っていなかった黒い財布を手に持って走りだしていたんです」

「なるほど」と遠野も納得したように息を吐いた。つまり、やっちゃったんだな。

「盗んだのは確かだと思って、私は南多さんを追いかけました。財布の持ち主らしき男の人も、すぐに気が付いて追いかけてきました。怖い感じの人で、南多さんは走りながら、通りすがりにあった遠野君のバッグに盗んだ財布を入れて逃げようとしたんです」

「『やっぱり!』」

遠野と二人、声が揃ってしまう。

「追いかけてくるのは怖くて普通の人じゃなさそうだし、そんな人の財布を見つけても、

遠野君達が困ったことになるかもと思って、私はとっさに遠野君のバッグから財布を取り出して、南多さんを追いかけたんです」

「解ります。とりあえず走っちゃいますよね、そういう時」

千鶴さんが紅茶を飲みながらうなずく。忘れ物のキャッシュカードを届けるのと、ヤクザに追われている泥棒を追いかけるのは違うと思う。

篠原はちょっと考えたあと、申し訳なさそうに言った。

「追いついた時、私は何も知らないフリをして、『落としましたよ』って南多さんに財布を渡そうとしました。本当の持ち主の人も追いついていて、私と南多さんのやり取りを見ていました。私が盗んだって思われたら大変なので、『あなたがこれを私のバッグに落とした』って南多さんに言ったんです」

「でもそれ、あの人しらばっくれて終わりじゃないの?」

「はい。必死に、見間違いだとか、僕のじゃないとか、知らないとか言ってました。でも私も、『確かにあなたが落とした』って譲らなかったんです」

篠原が申し訳なさそうに肩をすくめる。有賀さんも扇子で顔を扇ぎながら、くっくっと笑って言った。

「見ていたら面白かったでしょうね。親切に落とし物を届けに来た女の子に、必死にシラを切る青年がいたら」

「南多さんは混乱してました。盗んだ財布は大きなバッグに入れたはずなのに、私が持ってるのは小さいバッグでした。ですから、あれは友達のバッグだって言いました」

篠原は、自分の茶色いショルダーバッグをちらりと見せて続けた。

「そのあと本当の財布の持ち主が話しかけてきました。怖かったけど、私の前では普通に『それは私の物だと思うんです』って言いました。でも私は南多さんを指して、『この人が私のバッグに落としたのを確かに見ました』って念を押したんです。そしたらその人は、『その財布の中に私の免許証があるので確認させてください』と言いました。財布を渡して確認すると、上村という名前の免許証を出して見せてくれたので、そのまま財布を返したんです」

「上村？　斎藤じゃないのか」

遠野が訝しげに聞いた。篠原は真剣な顔でうなずく。

「上村、でした。顔写真も確認しました」

「ちょっと待って。篠原さん、これ見てよ。この人でしょ？」

『斎藤』の免許証を見せると、篠原は目を見開いた。

「……この人です」

「双子だってこと？」

「名字が違う双子のヤクザって、かなりレアだな」

冷静な声で遠野がツッコんでくる。

「まだヤクザって決まったワケじゃないじゃん」

まっとうな人でもなさそうだけど、と付け足して紅茶を一口飲んだ。免許証をじっと見ていた篠原が考えながら言う。

「でも、同じ人の物なんですね。さっきも南多さんに、『免許証とバッジを出せ』って言われたんですけど、私は病院で『上村』の免許証を見ているので、言われた意味が解らなかったんです。上村という人は、免許証の入った黒い財布を取り返したのに。事情は知らないけれど、これを探してたんですね」

「事情は、篠原さんも聞いてなかったんだ」

「はい。私も怖かったので、免許証を見せてもらって財布を上村さんに渡したあと、すぐ逃げました。警察に話そうかとも思いましたが、私も遠野君のバッグから黙って荷物を取り出してるし、南多さんは知らないって言ってるし、説明が難しいと思ったんです」

「その時は、まだ俺や遠野の話はしてなかったんだよね、南多に」

篠原がうなずく。バッジと免許証がなくなっているのに気付いた『上村』の命令で、南多はそのあとすぐにクラーニヒへ来た。遠野の大きなバッグを目印に。篠原と仲がいいみたいな話は、確認のためにカマをかけたのだろう。篠原は申し訳なさそうに続けた。

「私は遠野君達の名前を出していないし、迷惑をかけるつもりもなかったんです。でも、火曜の朝に南多さんは私のところに来て、『昨日、自分も紺色のバッグに細々とした大事な物を落としてしまったから、あのバッグを見せてほしい』って言ってきたんです。私も『あれは友人のバッグだ』って嘘をついてるので困りました。本当に大事な物なら、私も遠野君達に事情を話して見せてもらおうかと思いましたが、南多さんは何をなくしたのかを教えてくれなかったんです」

困ったように肩をすくめた篠原は、顔を赤くして、言いにくそうに続ける。

「私、南多さんが探しているのって、とても危険な物だと思いました。取り返さないと困るのに、内容を言えないって、違法な物や犯罪の証拠だと思ったんです。そんな危険なことに手を出している南多さんや上村という人と関わったら、遠野君達が困ったことになるかもしれないって。だから嘘をついたんです。『あのバッグは私が友人から借りてたもので、あの時の中身は私が持ってます』って」

すみません、と下を向く篠原に、慰めるつもりで明るく言った。

「だいたい合ってるじゃん。危険なのは確かだしね。南多も、ヤクザのバッジと謎の免許証を探してるとは言えなかったから、俺達に妙な近付き方してきたんだし。でも、篠原さんがそこまでしなくてよかったのに」

「……だって、私が黒い財布を南多さんに届けた時点で、本当のことはもう誰にも話せない状況でした。後をつけていたなんて言えないし。それに私は遠野君達の名前を出していないのに、南多さんはすでに遠野君達に接触していました。このままだと、遠野君達を危険なことに巻き込んでしまうかもしれないって怖くなったんです」

「心配してもらってありがたいけど、自分が危険な目に遭う心配を先にしてほしい」

危険な目に遭わせてしまった手前、遠野は無愛想に徹しきれないらしい。篠原は本当に言いにくそうに、下を向きながら小声で話す。

「そんなわけなので、私は慌てて遠野君達を探しました。とにかく、あのバッグの中から危険な物を見つけて、それを南多さんに返せば解決するって思ったんです。……その、月曜に見た遠野君のバッグの様子から、昨日間違って入ったものなら、次の日もまだ入ってるって思ったので」

篠原がこわごわ遠野を見た。思わず笑ってしまう。

いいぞ篠原、今なら何を言っても遠野は怒れない。

遠野のバッグの中身を知ってる有賀さんも、声を出さずに笑っている。なのに、篠原は真面目に続けた。

「私はできるだけ一人でなんとかしようと、千鶴さんのところで、隙を見て遠野君のバッグの中を探しました。そして、南多さんが探していると思われるものを見つけました」

「あ、まさか！」

思わず笑ってしまう。事情を知らない有賀さん達や篠原が解らないのは仕方ないけれど、遠野が不思議そうな顔をしているのが、おかしくてたまらない。

「なんだよ」

真面目な顔で尋ねる遠野を無視して、篠原に笑顔で聞いた。

「篠原さん、遠野のバッグで見つけたのって、覚醒剤じゃない？」

明るい声と不似合いな単語に、千鶴さんも柳川さんもぽかんとしている。びっくりしたように篠原が答えた。

「そうです。透明で小さな袋に、細かくて透明な粒々が入っていました。テレビで見た覚醒剤と同じに見えたんです。あれを見つけた時は、恐ろしくなって手が震えました。とにかく、なんとかしなくちゃって思って」

「ああ、水晶ですか」

事情を察した有賀さんも、くっくっと笑う。ようやく理解した遠野がみんなに説明する。つまり遠野が小袋に入れていた石英だか水晶の残りを、篠原は覚醒剤だと思って、震えながらバッグから抜き出したことになる。篠原は恥ずかしそうに説明した。

「覚醒剤って、持っているだけでもいろいろと問題があるみたいだし、警察に通報するにしても説明が難しいし、上村という人に、私や遠野君が恨まれてしまうかもしれない。南多さんに返そうにも、『覚醒剤ありました』なんて渡すわけにもいかなくて……。大変なことに関わってしまったと思って、かなりあせりました」

「だろうなあ。警察に持っていかなくてよかったよ」

篠原に心から同情して言う。遠野は例の石英入りの小袋を出し、テーブルに置いてため息をついた。乾燥剤とか氷砂糖みたいにも見えたけど、チャック付きの透明な袋に入った白っぽい結晶の欠片は、確かにテレビで見た覚醒剤のように見えなくもない。

「これからは持ち歩く時に気をつけるよ」

遠野が呟くように言うと、「仕方ないな」と柳川さんも小袋をつまみ上げて小さく笑った。

「ごめんなさい」と、篠原が泣きそうな顔で続ける。

「私にとっては覚醒剤だったんです。持ってるのもすごく怖くて、本当にどうしようってあせっていました。そんな時に、千鶴さんのお菓子と乾燥剤がたくさん入った袋を見て、知らないフリをしたまま南多さんに渡す方法を思いついたんです」

不思議そうに首を傾げる千鶴さんに、篠原は申し訳なさそうに言った。

「千鶴さんに貰ったお菓子の袋に、その小袋と、似たような乾燥剤をいくつか足しました。覚醒剤を探している南多さんならすぐ見分けがつくし、私が乾燥剤と区別がつかなくても不自然じゃないかもと思ったんです。そして『お菓子がたくさんバッグの中にあって、どれが南多さんのか解らないから中身を全部持ってきました』と南多さんに渡しました。かなり無理はありますが、とにかくあせっていたので」

恥ずかしそうに下を向く篠原に、千鶴さんがうなずいた。

「お役に立てたならよかったです」

「とにかく、事情と理由は解ったが、あんまり無茶するもんじゃない」

柳川さんが低い声で言った。「すみませんでした」と篠原が素直に謝る。

「そもそも南多に近付くことだって結構危険だよ。あんなだけど」

思わず追い打ちをかけるように言ってしまう。

「まったく、最近のガキは本当にしょうがねえな。どいつもこいつも」

「こいつって、俺達もかな」

違うよね、という気持ちをこめて遠野を見る。柳川さんは、がっつり俺と遠野を睨んだ。

「まあ、こいつらがなんの役にも立たないみたいだから仕方ないけどよ」

そう言って柳川さんは、ペッパーにクッキーをあげた。せっかくペッパーと親睦を深めようと俺が買ってきたのに、このままでは柳川さんとペッパーの親睦が深まってしまう。

嬉しそうなペッパーに、お前は誰でもいいのかと問い詰めたい。おいしそうにクッキーを食べるペッパーを見ながら、有賀さんが気遣うように言った。

「夕貴子さんはどうするつもりですか。例えば被害届などは」

「私の行動にも問題があるので、大ごとにはしたくないですけど……」

篠原が目を伏せる。千鶴さんも考えながら心配そうに言った。

「夕貴子さんが森のくまさんみたいに追いかけてくれたおかげで犯人は判明し、バッジと免許証以外は持ち主の手に戻っています。本来なら南多青年は警察のお世話になるところでしょうが、今回の持ち主は警察沙汰にはしたがらない人のようです。そして南多青年は、バッジと免許証の回収を命じられています。その二つが持ち主の手に戻れば、良い悪いはともかく、示談は成立でしょうか」

「さっき南多さんは私に、『あれを返せば解放される』って言ってました。あれがバッジと免許証なら、終了のはずですよね」

「それで済むかなあ。ヤクザから物盗んだなんて、とんでもない目に遭いそうだけど。撃たれたり刺されたり切られたりとか」

「んなわけあるか。だいたい、その上村だか斎藤だかって男、本当にヤクザなのか」

職場に日本刀がある柳川さんが、俺に向かって呆れたように言った。『斎藤』の免許証をつまみ上げて、ひらひらと振る。千鶴さんがその免許証を覗き込んで、「正体不明な人ですねえ」と首を傾げる。

「少なくともどっちかは偽物なんだろ。パソコンだので作れるんだよ。ちょっと前までは架空口座作ったり、金借りたりって用事に使ってた奴が多かった。免許証番号を照会すれば、すぐバレるけどな」

柳川さんの言葉を受けて、有賀さんが遠くを見るように考えながら言った。

「もう私達が関わるより、警察に話すべきだとは思うんですけど、証拠もない今の時点ではどうにもなりませんね。この人物の命令に従うために、南多という学生はさらに悪質な行動を取るようになったんです。野放しでは今後も被害が増える可能性もありますね」

「上村って奴の下の名前は覚えてないか」

柳川さんに尋ねられた篠原は、宙に字を書きながら言った。

「善行、だったと思います」

「ふん。偽造したのがそっちならセンスが悪いな。捕まった時、笑い者だ」

柳川さんがため息をつく。名前をつけるセンスって大事なんだなあと思って、ペッパーの名付け親を見た。遠野は真面目な顔で聞く。

「本物なら普通に困ってるはずなんですよね、この人」

「こんなもん、なくしたって即日再発効できるぞ。本物なら」

「でも、紛失した場合は、それを証明するために警察に紛失届を出して書類をいただいてこないとできないはずですよ」

有賀さんが言うと、柳川さんはテーブルに肘をついて指を組んだ。

「ヤクザかどうかはともかく、後ろ暗いところがある奴なら、警察に近寄りたくないかもな。とりあえず、これが本物か調べてみる。借りるぞ」

遠野がうなずいて免許証を渡す。有賀さんもバッジを眺めて呟いた。

「バッジも本物かどうか怪しいですね」

「プラチナなのは確かですよね」

遠野が不思議そうに言うと、有賀さんがほんのり笑う。

「レプリカのほうがお金かけてる場合もあるじゃないですか。それに、大きなところの幹部だったりすると、純銀にメッキが多いみたいですよ。小さなチェーンがついてたり」

やっぱり柳川さんの友達なんだなあと、感心しながら有賀さんの手元を見る。千鶴さんもバッジを見て呟いた。

「こちらも、本物ならなくして困るんでしょうか」

「ヤクザだって毎日こんなもんつけて歩いてるわけじゃないし、血眼で回収するとも思えん。うちにも、前に似たような物をどう考えてもそいつらと縁のなさそうなおっさんが売りに来た」

「そんなの買ったんですか」

遠野が驚いて聞くと、「プラチナだったからな」と柳川さんは少しだけニヤリとした。

「レプリカだとしても、斎藤という人物はなにかしら身分を偽る必要があるんでしょう。ヤクザかどうかはともかく、よいことをしている人間ではなさそうですね」

有賀さんがバッジを置く。斎藤だけでなく南多をなんとかしたい。

「南多のことは俺達でどうにかできればいいんだけど、たぶんもう警戒されてるよね」

「難しいな」と遠野が目を細める。

私も、と身を乗り出す篠原に、千鶴さんが『めっ』と叱るように言った。

「夕貴子さんは駄目ですよ、危ないことしちゃ。あと一応、嫌じゃなければ湯川君あたりに電話番号とメールアドレスを教えておいてください」

「なんで俺なんですか」

「何かあった時のための緊急連絡網です。遠野君じゃ、面倒くさがって連絡取れなさそうですし、湯川君に連絡がいけば自動的に遠野君に伝わります」

千鶴さんがさらりと言った。なんだろう、この喜べない感じ。

仕方なく篠原と事務的に連絡先を交換すると、千鶴さんが満足そうに言った。

「これで何かあったら夕貴子さんも助けが呼べます。もちろん、危険な目に遭わないのが一番ですから、遠野君達、夕貴子さんを見張っててください」

うう っ、と篠原が下を向く。すでに外は暗くなっていた。さて、と柳川さんが立ち上がる。とりあえず日曜にまた来る、と柳川さんは有賀さんに告げ、お前ら送ってくぞ、とポケットから車のキーを取り出す。

ペッパーもいるし後片付けしますから、と遠野が遠慮して、それよりか弱い女子二人をよろしくお願いします、と俺が頭を下げる。南多がまだ近くにいるかもしれない。

表に出ると、千鶴さんと篠原は紺色の高級車に乗り込んだ。怖くないですか、私の家に泊まりますか、とか楽しそうな会話が聞こえる。よろしくお願いします、と有賀さんが柳川さんに言った。後部座席の女子二人に手を振る。篠原は俺達に頭を下げ、ペッパーに笑顔で手を振った。エンジン音とともに遠ざかる車を見送って呟く。

「片思いでもなんでもなかったみたいだね」

「そこははじめから考えてない」

遠野も疲れた声で言う。二人でため息をつきながら店内に戻ると、有賀さんはペッパーにチーズをあげながら、今日は頑張りましたね、と話しかけていた。二人で茶器を片付け、洗い終わったカップを拭きながら遠野がぽつりと言った。

「今日、湯川がいてくれてよかった」

「なんかしたっけ」

六客分のティーセットとポットを棚にしまう。遠野がうっすら笑いながら言った。

「なんとなく、だよ」

「すごいのはペッパーだったんだけどね」

テーブルと椅子を整えるために店内に戻る。追加で出した椅子を片付けて自分達のバッグを持つと、有賀さんはまだペッパーと遊んでいた。

「ああ、すみません、つい時を忘れて」

有賀さんは遠野に赤いリードを手渡し、気をつけて帰ってくださいね、と優しく笑った。

二人がかりで何度もお礼を言ってから、有賀堂を後にする。さすがに疲れてゆっくり歩く二人に比べて、ペッパーは元気に尻尾を振って堂々と凱旋《がいせん》帰宅した。

王冠とチョコレートケーキ

　土曜日、午前の講義が終わったところで南多を見かけた。遠巻きに眺めながら遠野と観察する。南多は正門のそばで女の子に話しかけていた。通りがかりに女の子に声をかけるのは通常運転みたいだけれど、その表情には余裕が感じられない。一生懸命話しかけることで不安を紛らわせているようにも見えた。手を振って女の子が遠ざかっていく。そのまま南多は正門のそばで時計を気にしている。

「待ち合わせかな」

「篠原とじゃないだろうな」

　顔をしかめて遠野が言った。さすがにそれはないだろう。スマートフォンには篠原から丁寧なお詫びとお礼のメッセージが来ていて、最後に、今朝も無事に大学に到着しました、という報告があった。

「外に出るみたいだね」

　いつもはお金持ちの家の子みたいな雰囲気の南多が、今日は地味にも思える格好をしていた。グレーのスラックスにやわらかい黒のブレザージャケットの南多は、どこか暗い顔をして駅に向かう。駅に近付くにつれ人が多くなり、少しだけ距離を詰めた。なんとなくついてきただけだから、南多が電車に乗ったらそれ以上尾行する気はない。

土曜の昼を過ぎた駅には学生以外の人々も多く、結構賑わっていた。朝方重かった空も薄曇り程度になり、今はやわらかい日差しが駅の窓から落ちている。南多は売店のそばにある大きな柱の近くに立った。二人でその陰に回ると、遠野が改札を指差す。

「湯川、あれ」

「あっ」

黒っぽいスーツ姿の男性が、大きめのビジネスバッグを持って近付いてくる。強面《こわもて》という感じではないが、目つきと雰囲気が妙に鋭かった。

「斎藤、だよな」

遠野が確かめるように小さく呟いた。柱を回り込んで確認する。あまり気配とか足音を感じさせない独特の歩き方は、間違いなく病院で見たあの男で、免許証の斎藤だった。顎は尖《とが》っていて、どこか爬虫《はちゅう》類を思わせる顔つきをしている。マッチョではないが骨太そうな体型で、身長もそれなりにあった。斎藤が近付くと、気付いた南多が頭を下げる。二人は少し話してから、病院側の出口に向かって歩きだした。

南多はうつむきがちで、話は聞こえないけれど怯えているようだった。人通りの少ない階段に差しかかり、階段を下りる斎藤の声だけが断片的に聞こえる。『君のしてきたことはわかっている』とか、『おかげで当分不自由する』みたいな言葉が聞こえるたびに南多が頭を下げる。階段の上からバレないように近付いてみると、「あの」と勇気を振り絞ったような南多の声が小さく聞こえた。

「本当にそれまでは、財布に入ってたんですか」

「どういう意味かな？」

細く鋭い声で言いながら、いきなり斎藤は南多の髪をわし摑みにして、後ろの壁に打ち付けた。素早く視線だけで人目を確認すると、南多の顔を上げさせる。

「君のせいで不自由してるんだよ。その不自由を埋めるのが筋だろう？」

そう言って斎藤は南多から手を放し、何事もなかったように再び歩きだす。妙な気味の悪さに少し引く。そんな斎藤と、すでに顔色をなくしてふらふらしている南多の二人は、駅を出たところにある「渋めの」喫茶店に入った。

入り口から様子を窺うと、商談している中年男性とか、スーツ姿で昼寝しているおじさんなんかが休んでいる奥の方、壁に印象派の油絵が掛かっている席に、南多の背中が見えた。壁側に座った斎藤は、上着を脱いで煙草に火をつけている。

「奥は喫煙席なのか。どっちにしろ、これ以上は近付けないな」

入り口から少し離れた場所に置いてあるメニュー表を見るフリをして、遠野が言った。

「仕方ないね、さすがに」

こんなところから見ているわけにもいかないけれど、入っていくわけにもいかない。この客層と平均年齢では、俺達が目立ってすぐバレる。

悩んでいるうちに、黒いマダム風の帽子にサングラスをかけた女の人がやってきて、入り口のショーウインドウを覗き込んだ。濃い客層の店だなあと眺めているうちに、その妙な背の低さと微妙なアイテム選びに目が釘付けになる。

遠野が目を見開いて、「おい、あれ」と囁く。

「やっぱりあれ、篠原ですかね」

「行かせるわけにはいかないな」と小さくため息をつくジェントルマンな遠野と、二人で速やかに左右からレディを保護する。篠原があせったように手下二人の顔を交互に見た。

「あの二人が話してる内容を知りたくて」と小さな声で謝る篠原に、親切心で忠告する。

「それ、潜入捜査のための変装なら間違ってると思う」

「悪目立ちしてたら意味ないな。有賀さんも言ってたし」

遠野も師匠の言葉を思い出したように付け足した。篠原がしょんぼりと下を向く。

会話の内容は解らない。奥の席では、斎藤の持っていたビジネスバッグの中を、南多が覗き込んでいるのが見える。しばらくして二人が席を立った。

「もう出るんでしょうか」と、篠原がマダム帽子をぎゅっと握りしめて店内を見つめる。

「それより外」と、急いで近くの物陰に隠れて様子を窺う。ほんのり上機嫌に見える斎藤と、半泣きで沈没寸前みたいな南多が店から出てきて、駅に向かっていく。三人で遠巻きながらも、慎重にその後をつける。

斎藤が立ち止まり、持っていたビジネスバッグを南多に渡した。受け取った南多は近くの自動販売機の陰に身を隠し、不安そうな顔でその中身を取り出して確かめる。

「今までの盗品を南多が持ってきて、斎藤に渡すって話かと思ったけど」

「逆みたいだな。ぱっと見えた限りでは、ブランドバッグとか財布みたいだ」

遠野が眠そうな目をさらに細めながら言った。あのワニ革財布を思い出す。

自動販売機の裏側から気付かれないように近付くと、「上村さん」と南多の声が聞こえた。

「これ、どういうものなんですか」

「知らなくていい。売ってくるだけの簡単なお使いだよ」

ものすごく怖い声を出した斎藤が、南多にぐっと顔を近付けて続けた。

「今渡したヤツは様子見だから危険はない。免許証がないんだからお前が行くんだ」

「でも」と南多が泣きそうな声を出す。その後も一緒に行くとか行かないとか、一緒だと怪しいだのと、怪しい会話が風に乗って聞こえた。

「運転しろって意味じゃないんだろうな」

「身分証明的な意味で言ってるみたいだね、ブランド物なんかを売るって話なら。斎藤の持ち物ってのが不思議だけど」

「様子見だから危険はないっていうのが気になるな。危険なことが前提になってる」

歩きだした南多と斎藤は駅へ向かうと、そのまま改札を通ってどこかへ消えていった。

一応、篠原を遠野と二人で送っていく。道すがら篠原に言った。

「篠原さんは危険人物に近付いたり追いかけるの禁止。柳川さんや千鶴さんに報告するよ」

「でもそれって、また俺達があの二人に、使えねえとか、ちゃんと見張ってないとか言われたりしないか」

冷静な遠野の意見に、篠原が小さく噴き出した。

柳川さんが来るので、日曜にもかかわらず、白根沢の有賀堂にみんなで集まることになった。朝から風もなく、穏やかな天気で気分がいい。

ちょっと思うところがあったので、集合の時間より少しばかり早めに家を出て、一駅隣の青松町へ寄った。この辺りで一番賑わっている市街地で、駅から少し離れると高級そうな店が増える。さらに進んで坂道を上がると、ちょっと高級なカフェだのブティックだのが見えてくる。

青松町で有名なホテル、ユークロニアホテルの前を通る。駅から少し離れている高台で、公園の木々が目隠しになって景観もいい。あまり縁のある場所ではないけれど、居心地のよさそうな場所は素直に憧れるし、時折見かけるホテルのスタッフも見ていて気持ちがよかった。ああいう仕事もいいなと思う。ホテルで過ごしたいならホテルマンになればいい。前向きで贅沢な発想だ。

玄関口というかエントランスというのか、とにかく入り口は広々としていて、余計な物もなくピカピカに見えた。少し離れた道路近くに緑の庭園コーナーがあって、ホテルからも道路側からも目を引くポイントになっている。そこには、青々とした楓の木が三本並んで立っているのが見えた。ふと思い出して、もう一つの楓を探しに反対側へと回った。

ホテルの裏手側、少し寂しい一角に、遠野の言っていた『楓ちゃんの木』はあった。整備されているホテルの敷地には一部分だけ地面が露出していて、そこに一本の楓の木が立っている。目の前にある窓から見えるように植えてあるようだった。

『楓ちゃんの木』は、正面側にある木よりも背は低いけれど、形よく枝を広げていた。幹のまん中、人に例えればおでこにも見えるところに、確かに大きなホクロがある。

「この木は、皆さまに愛されてる子なんですよ」

敷地を点検していた五十歳くらいの品のよい男の人が、控えめに話しかけてきた。きちんとしたスーツを着ていて、ホテル名や読めない役職名の入った名札をつけている。

その人は姿勢のよい立ち姿で、前に両手を重ねて、優しく聞き取りやすい声で言った。

「この道を通っていると、皆さん、この木が気になってくるみたいで、このコブを撫でていく方が多いんです」

「あっ、本当ですね。なんだかここだけつやつやしてる」

よく見ると、黒いホクロの部分が特に愛されているらしく、みんなつい触っていくようで、磨かれたように艶々としていた。だからこそ余計にホクロが目立っている。男の人は嬉しそうに笑って言った。

「今でこそ、こんなに元気で隠れた人気者なんですが、初めは弱って枯れかけていたんです。正面側にあった五本のうち一本を移したものなんですが、寂しかったのかもしれませんね」

「正面のと一緒だったんですか。確かに、ちょっとこの子は小さいですね。日当たりが違うのかな、あっちの方が大きいですよね。三本しかなかったみたいですけど」

園芸が趣味のご近所さんと話すように、のんびり言う。でも、正面側の発育のいい楓は三本しかなかった。五本あるなら、もう一本はどこだろう。男の人は寂しそうに笑った。

「はじめの木は、移したあとに病気で枯れてしまったんです。この木は二本目なんですよ。場所が悪くて無理かとも思いましたが、小さいながらもなんとか無事に育ってくれまして。通りかかった皆さまが応援してくれたおかげだと思っています。寂しい場所に一本だけ植えるのは少し気の毒だったんですけど、今はもう寂しくもないでしょう」

そう言って男の人は『楓ちゃんの木』をよしよしと優しく撫でた。思わず笑ってしまう。

「ちょっと解ります。このホクロっていうかコブのせいかもしれないんですけど、なんとなく話しかけたくなるような木ですよね、この木」

千鶴さんの店のくぬぎが森の長老なら、この楓は森の小人とか妖精みたいだ。なんとなくユニークで親しみを感じてしまう。男の人も笑いながら言った。

「話しかけてくれた女の子もいましたよ。五年くらい前の話ですが、なんとなくこの木が心配だったみたいで、学校の行き帰りに話しかけてくれていました。今も時々、その子がフルートを吹きに来てくれるんですよ。この木のために」

「フルート……そういうのって、迷惑だったりしないんですか」

「いいえ全然。この一角は何もありませんし、音はホテル側に届かないんです。それに、あの窓から見ていると絵になるんです。楓の木に寄り添ってフルートを吹いている可愛い女の子ですから。五年前は一生懸命『エーデルワイス』をここで吹いてました。今も変わらず可愛いお嬢さんですが、フルートはお上手になられましたよ」

男の人が嬉しそうに笑う。ふと、どこからか「マネージャー」と呼びかける声がして、ホテルの制服を着た女の人が正面側から手を振っているのが見えた。失礼します、とにこやかに一礼して、男の人は速足で正面側へと歩いていった。

遠野の話を思い出し、青松町の駅方向を見る。駅ビルの赤い玉葱形の屋根と、手前のビルの金色の柵が、十字架みたいに見える奥の鉄塔と重なって、十字架がついた金縁の赤い王冠が手前の木々の上に浮かんでいるように見えた。

遠野が慰めた『楓ちゃん』は、『エーデルワイスのお嬢さん』として、今でもここに来ているらしい。

彼女のおかげかどうか解らないけれど、この木は枯れずに、今はみんなに愛されている。遠野がどんな気持ちで言ったのかはともかく、その言葉の生んだ結果が今の状態なら、呪いにも似た遠野の言葉も、彼女を経てここで浄化されているような気がした。ひょっとしたら、遠野も、そんなに意地悪な気持ちだけで言ったわけではないかもしれない。

せっかくなので、遠野が話していたケーキの店にも寄ってみた。ケーキだったら、みんな喜ぶかもしれない。柳川さんは炙《あぶ》ったイカとか、スモークチーズなんかの方が喜びそうな気がするけど。

柳川さんの好みはさておき、クリーム色の壁に赤い屋根の、建物自体がケーキみたいなお店に入った。甘い匂いのする店内で、女性客の隙間からガラスケースを覗く。

焼き色がついているのに軟らかそうでつやつやのベイクドチーズケーキや、飾り切りがしてある苺がのったショートケーキ。個人的には苺のヘタがそのままついていたり、ミントの葉がついてるのはあまり好きになれないので嬉しい。

他にもアップルパイやモンブランなどスタンダードなラインナップの中で、チョコレートケーキは特別に人気があるようだ。外見はシンプルで、黒に近い艶やかなチョコレートの上に、ぽつりと濡れたような木苺と金粉がささやかにのっている。商品名のプレートには『エーデルシュタイン』とあった。看板商品なのか、店の名前がそのままつけられている。他にもカスタードプリンやシブースト、フルーツタルトなどもあったけれど、チョコレートケーキとショートケーキを三つずつ買うことにした。


有賀堂に着くと、すでに紺色の車が停まっていて、柳川さんが表にいるペッパーに「調子はどうだ」と話しかけていた。どのタイミングで近付こうかと考えているうちに、ケーキの匂いに気付いたペッパーが鼻をくんくんさせて俺を見た。慌てて柳川さんに挨拶をして中へ入る。みんなはもう集まっていた。

有賀さんと遠野が紅茶の準備をしていて、篠原と千鶴さんはガラスケースを覗きながら、ひそひそきゃぴきゃぴと話している。千鶴さんを給湯室に呼んでケーキの箱を手渡すと、「どうしたんですか」と目を輝かせる。とりあえず喜んでくれているみたいだ。

「青松町のケーキ屋さんで買ってきたんです。有名なホテルのそばにあるんですけど」

説明しながら箱を開けて、有賀さんから皿を借り、ケーキを載せてテーブルに持っていくと、今度は篠原がチョコレートケーキを見て目を輝かせた。

「あっ、エーデルシュタインだ。これがいいです」

囁くような声が弾んで聞こえる。篠原は、ショートケーキには目もくれず、チョコレートケーキの一つを嬉しそうに確保した。

「篠原さん、知ってるの？」

「あ、いえ、お店の名前を聞いたことがあるだけです」

篠原は両手を振り、恥ずかしそうに否定した。紅茶を持ってきた有賀さんがうなずく。

「さすが女の子はデザートに詳しいですね」

「有賀さん、今はスイーツって言うんですよ」

千鶴さんがやんわり言ったところで、柳川さんも戻ってきた。

「昨日、昼過ぎから斎藤と南多が駅の喫茶店で話しているのを見たんです。土曜で午後の授業はなかったから、本当は後をつけたかったんですけど」

遠野が紅茶を配りながら、昨日の昼過ぎに見たことを報告する。斎藤は持参したブランドバッグや財布を南多に渡して、どこかへ売るように指示していたこと。本当はもう一つ報告したい要注意人物の件があったが、紳士な遠野は篠原の話はしなかった。

話を聞いた柳川さんは『斎藤』の免許証を取り出してテーブルに置いた。

くように食べていた篠原が小さく呟く。

「免許証は本物だ」

柳川さんはチョコレートケーキをフォークでざっくり二等分すると、そのままぶすりと突き刺して口に入れた。同じものを少しずつ、つっつくように食べていた篠原が小さく呟く。

「だったら、私が見た上村っていう方は」

「こっちが本物なら、そっちは偽物なんじゃないのか」

そう言いながら柳川さんが、もぐもぐと咀嚼していたケーキを飲み込んだ。しばらくしてから思い出したように、「うまいな」と呟く。マンモスの肉を食べる原始人ではないのだから、できればもうちょっと味わって食べてほしかった。三つ目のチョコレートケーキは千鶴さんの前で食べられるのを待っている。ショートケーキは草食系男子三人が担当することになった。

「あと、この斎藤ってのは、ヤクザじゃないな。少なくとも、この周辺の組には出入りしてないそうだ」

例のバッジを見せながら柳川さんが言う。なんでそんなこと解るの、という疑問をのみ込む。察した有賀さんが笑うそばで、柳川さんが続けた。

「一応こっちの周りで調べてみたら、『斎藤成実』じゃなく『上村善行』の記録が出てきた。同業者、つっても質屋じゃなくてリサイクル店だが、高額商品を売りに来た客の記録に『上村善行』があった。店側は必ず身分証を要求するし、店によっては身分証をそのままコピーするから、『斎藤』と同じなのはすぐ気付いた。顔でな」

そう言って柳川さんは音を立てて紅茶を飲んだ。なんとなく昨日の話と繋がったような気はしてきた。「でも」と恐る恐る柳川さんに尋ねる。

「免許証の偽造そのものが違法なのに、それ使って物売ったりって、バレないんですか」

「一目で偽造と解る免許証や、明らかな盗品を持ってこない限りはバレないだろうな。サラ金じゃあるまいし、身元調査なんてしねえよ。だから『上村』もバレずに売り払えて、記録があるんだろ」

「その人は、普段からブランド品などを転売していたんでしょうか」

ショートケーキの鋭角を、そっとフォークですくいながら有賀さんが言った。

ケーキは思っていたよりふんわりしていて、高級で冷たく感じないアイスクリームみたいに口の中で溶ける。

すでに空っぽの皿を目の前に、柳川さんは難しい顔をして言った。

「『上村』の記録が出てくるのはつい最近の話だ。今年に入ってから、それも三月以降の記録しか出てこない。それまでは別の名前を使ってたのか、必要があって三月からこういうことを始めたのか、だな」

「売っていた物は、盗品などの問題がある品物だったんですか」

「特に問題のある案件は今のところなかった。盗品だとしても、それと証明できない物はそもそも問題にならない。今だって運転には困っても、物を売るには問題ない『上村』の免許証があるんだ。南多ってガキにやらせる必要は本来、ないな」

「では斎藤は、『上村』も扱いたくない品物を南多に売らせているんですか」

「可能性は高いだろうな。現物を見られるなら判断できなくもないんだが」

柳川さんが険しい表情でため息をつく。それまで真剣にゆっくりチョコレートケーキを味わっていた篠原が、フォークを置いて言った。

「様子見だから危険はない、って話してました。これから危険な物が出てくるんじゃないでしょうか」

「危険な物」と思わず口走ると、「銃刀法違反」と有賀さんが言い、「覚醒剤取締法違反」と遠野もとぼける。お前ら、と柳川さんに三人まとめて睨まれた。俺は何も言ってない。

「質屋に持ち込む危険物なんざ、盗品が定番だろ。今まで『上村』が売っていたのは主にブランド品だった。宝石や時計はほとんどない。そこを考えるとかなり怪しいな」

「怪しいんですか？　ブランド品って」

思わず聞くと、柳川さんは頭を掻きながら言った。

「金になる時計はほとんど足がつくからな。盗んだ時計を質屋に持ち込んで逮捕って話は多いし、宝石も、妙なもんを持ち込んだら買い叩かれやすいうえに、マークされやすい。ブランド品は一応、製造番号が入ってるけど固有番号じゃないし、そもそも製造番号を控えてる奴は少ないからな、盗品と特定しにくいんだよ」

「盗品の持ち込みって多いんですか」

遠野が苺を食べながら尋ねる。「ああ」と柳川さんは、うんざりしたような声を出した。

「かなり多いな。だからうちにも、便所借りるみたいに気軽に刑事が来るぞ。記録書類も令状なしでガンガン見に来る。うちの防犯カメラから手配写真を起こしたこともある」

「危険な話になってきたなあ。放っといても逮捕されるシステムならいいのに。二人とも」

そう言ってショートケーキの最後の一口を味わっていると、今まで会話に参加しないでチョコレートケーキを食べていた千鶴さんがフォークを置いて言った。

「似た者同士の二人ですから、似たような末路をたどるような気もしますが、できれば早めに捕まえてあげたいですね」

「質屋さん達にもご迷惑ですからね。柳川さん、お店で盗品などの問題ある品物だと発覚した場合はどうしてるんですか」

同じくフォークを置いた有賀さんが、カップを手にして尋ねる。腕を組んだ柳川さんは、なんでもないことのように答えた。

「査定を長引かせているうちに通報ってのが多いな」

なるほど、と有賀さんはうなずいて、遠いところを見るような目をして言った。

「今後も盗品を扱う可能性は高そうですし、そうでなくとも身分証の偽造や、窃盗犯とはいえ学生を恐喝したりと困った人物であることは間違いなさそうです。バッジも、ヤクザのフリして恐喝するための小道具かもしれません。遠野君達の話を聞くと、そういうことに慣れているような印象を受けました。なんにせよ、同情の余地はなさそうですね」

遠くを見ていた有賀さんの目が一瞬、きょろっと上を向いたように見えた。なぜか、柳川さんに申し訳なさそうな顔をして続ける。

「先程の話ですけど、要は本人達に証拠の品を持ってきていただければ、そこに警察をお呼びするだけでいいんですよね」

「どこに持ってきてもらうつもりだ」

「もちろん柳川さんのお店です。柳川さんが誘惑して、南多という学生と斎藤という男を別れさせれば話が早いじゃないですか」

「なにそれ」

思わず素で呟くと、「話が早くて解りません」と遠野も抗議する。

「おや、失礼しました。僕、思いついてしまったんですけど」

有賀さんが穏やかに笑うと、柳川さんが嫌そうに眉間を押さえた。千鶴さんが同情するように柳川さんを見て、肩をすくめる。有賀さんは構わず、楽しそうに続けた。

「うまくいかなくてもこちらに危険はありませんから、ちょっと遊んでみませんか。柳川さんは普通にしてくださるだけでいいんです」

「こき使われるのは俺なんだな」

柳川さんは恐ろしく低い声でそう言うと、有賀さんは白い扇子をゆらゆら揺らしながら、まあまあ、となだめるように微笑んだ。

仁義なき演技

翌日、講義が終わったあとに男四人が集まった。大学からちょっと離れたカフェのそばに柳川さんの車を停め、その中から四人でカフェの方を見る。

昨日、あのあと千鶴さんはクラーニヒに戻り、篠原も店を手伝うためにそれに続いた。

「おいしかったですねー」と去っていく女子を見送ってから、男四人で今後の相談をした。その結果、現在柳川さんの車に乗って白根沢のカフェを眺めているのだが、学生はともかく、大人二人の仕事は大丈夫なんだろうか。

「で、どいつが南多なんだ？」

柳川さんが運転席からカフェを睨みながら聞いた。オープンテラスの隅の方を指差して俺が答える。

「……あそこで、女の子二人に一生懸命話しかけてる人」

「あの軟弱そうな兄ちゃんか。蹴り飛ばしたくなるな」

物騒なセリフを口走りながら、柳川さんは窮屈そうに首をごきごきと回した。聞こえないように呟く。

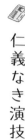

「いつもの格好で十分だって言ったのに」

柳川さんは「ヤクザのフリするんだろ」と黒っぽいスーツを着てきた。襟には例のバッジがついている。ヤクザを通り越して殺し屋みたいに見えるが、普通の人には見えないという点では成功していた。そんな柳川さんに有賀さんが念を押す。

「必要以上に演出しなくても結構ですから、普段通りに頑張ってくださいね。では。……優しくしないといけませんよ」

「……ああ、努力する」

「今、有賀さんの注文が厳しいって言ってた遠野の気持ちが、よく解った」

嫌そうな柳川さんを車に置いて三人でカフェへ入ると、ドリンクを購入し、南多がいるテーブルに近付く。前回の喫茶店と違って学生の客が多く、人の密度も高く賑やかなので、かなり接近しても気付かれない。南多の真後ろに遠野と並んで座り、有賀さんも向かいに着席した。柳川さんを待って耳を澄ましていると、南多の甘ったるい声が聞こえてくる。

「ねえ、君達、今恋してるの？」

あの人、本当にああいうこと言ってるんだ、と鳥肌を立てながらも感心する。小ぎれいでそこそこ優雅な外見の南多が真顔で言うと、女の子も疑問を抱くのを忘れるらしい。ちょっと太めの女の子が不審そうな目を向ける。もう片方の子は慣れているのか、笑ってあしらっている。南多は、警戒しているぽっちゃりした女の子の目をじっと覗いた。

「君、可愛い顔して結構頭いいんでしょ？」

「そうなのー、この子結構すごいの。なんで解るんですかー？」

もう一人の女の子が、血液型を当てたみたいに明るい声で言った。南多に見つめられたちょっと太めの女の子は、特に反応することもなく表情を崩さない。

有賀さんは取り出した白い扇子で口元を隠し、成りゆきを興味深げに見守る。

「ねねね、夕食これからでしょ、僕、ごちそうしちゃうからさ、みんなで食事行こうよ。和食っぽいのと洋食っぽいのなら、どっちが好きなの？」

南多が身を乗り出すようにして女子二人の顔を交互に見た。話し好きそうな子が太めの子を見ながら、「私はどっちも好きだけどーフミちゃんは？」とか楽しそうに話している。

「あの人、みんなにあのテンションなんだな。前にあの勢いで、どんな女の子が好きか聞かれたような気がする」

「ああいうトークって、女の子をお誘いするのに有効らしいと聞きましたよ。今の質問に答えることで、お誘いを了承した前提での話になりますから、断りにくいそうです」

「そうなんですか」とうなずきながら南多を見る。そこまで考えて話してるとも思えないから、きっと天然なんだな。爽やかに南多は続けた。

「僕も友達呼ぶから四人で行こうよ。せっかくだから楽しい方がいいじゃない」

遠野が驚いて、「友達いたのか」と呟いた。「いないんじゃない？」と俺はジンジャーエールに口をつけると、有賀さんもアイスティーのストローを回しながらうなずく。

「そう言っておいた方が女の子達も安心するんじゃないでしょうか」

有賀さんの適当な解説にうなずいていると、ふと辺りが静まり返った。異質な存在の気配に人はこうも敏感に反応するものなんだなと思いながら、ジンジャーエールを飲む。カフェの視線を独り占めしながら俺達とは時間差で現れた柳川さんは、南多のいるテーブルに近付き、ナチュラルにドスの利いた低い声で優しく話しかけた。

「ちょっと、いいかな」

「四人揃ってしまいましたね」と有賀さんが扇子を揺らす。真後ろでは、いきなり現れた葬式帰りのヤクザみたいな人物を前に、女の子達も南多も、どっちの知り合い？　と顔を見合わせている。

明るく話していた方の女の子は、一瞬でいろいろなことを考えたらしく、「じゃあまた」と席を立った。固まったように動かないフミちゃんの服を引っ張り、「早く行かなきゃ」と促すと、南多に目を合わせず、そいつはそちらに差し上げますと言うように会釈して、フミちゃんを引きずるようにして行ってしまった。

テーブルには置いてきぼりの南多が残り、柳川さんは、やっと二人きりになれたね、という顔で悪魔のように笑った。

柳川さんは有賀さんの言う通りに、『普通に』『優しく』話すよう努めながらも、首をひねって、さりげなく襟のバッジをちらつかせる。南多の顔が青ざめていくのが解った。柳川さんの『普通』な部分が『優しさ』より際立っていて、南多の足は微かに震えている。

有賀さんが他人事みたいに言った。

「かなり辛そうですね」

見ると、柳川さんの眉毛の辺りが時折ぴくぴくと痙攣《けいれん》していた。口調も普段のそれに戻りつつある。そして南多をぐっと睨みつけながら本題に入った。

「お前、おかしな男に取りつかれてるだろ」

いろいろと我慢してるせいで言葉を選びきれなかったのか、柳川さんは霊能者みたいな言い方になっている。特殊な状況と精神状態のせいか、南多は目の前の人物を『おかしな男』とは認識しなかったらしく、星占いが当たったたみたいな顔で尋ねた。

「な、なんで解るんですか」

「お前、いつだったか、上村ってヤクザに絡まれてなかったか」

まさに今、そういうシーンを目撃しているような気分がするが、柳川さんはいくつか『上村』の特徴を言い、南多が凍りついた。

「あの人のこと、知ってるんですか」

「上村だろ、あいつはロクでもねえ男だからな。タチが悪い。自分の身代わりにカタギだろうが平気で他人を陥れて生きてる奴だ。まだ深入りしていないなら、これ以上関わるな」

心配しているような目をして柳川さんが言った。南多は泣きそうな声を出す。

「でも僕はもう、あの人の命令を聞くしかないんです。お金ももらってるし。今回手伝えば、解放してくれるって約束なんです」

「騙されてるぞ、お前。このままだとお前も行方知れずの一人になる。仮に命があっても生き地獄だ」

腹に響くような声で柳川さんが断言する。真っ青な顔で言葉を失っている南多に、柳川さんは恐ろしい想像をかき立てるような声で続けた。

「上村とのお約束を信じた奴らが、どうなったと思う？　お前もこのままだと、上村にどこまでもしゃぶり尽くされる。生きてる限り、終わりは来ないぞ」

「そんな」と南多の声が震える。

「ちょっとここでは話しにくいな。外に出るか」

柳川さんは、いまさら周囲の空気に気付いたように言った。


カフェを出た二人は建物の裏で再び話し始めた。俺達三人も店を出て、陰から様子を窺う。南多は壁際に置いてある鉄パイプの上に座って、柳川さんを見上げた。お侍さんに助けられた町娘みたいな声を出す。

「あの、あなたは」

「俺は奴が邪魔なだけだ。潰すチャンスを狙ってるんだよ」

ただのならず者さ、とでも言うように言い捨てると、柳川さんは壁に手をつき、南多を追い詰めたまま話を続けた。南多はバッジのついた襟を見ながら尋ねる。

「あの、やっぱりあなたもヤ……同業者の方なんですか」

ドカッ、という重い音と、ひぃっ、という絹を裂くような悲鳴が小さく響く。「あっ」と、こっちも思わず小さく叫んだ。座っている南多の顔すれすれの壁に、柳川さんの蹴りが入っていた。南多の顔が青くなる。

「ぼ、僕、何か失礼なこと言ったんでしょうか」

「……いや、間違ってない」

壁から足を引いた柳川さんが、手をわなわなと震わせながら言う。何かの禁断症状だと思われませんように。遠野も祈るような目をして言った。

「我慢、できなかったみたいですね」

「かわいそうに」

どっちのことなのか、有賀さんが扇子をゆらゆらさせて言う。南多は自分の言動に失礼はなかったものと前向きにとらえることにしたのか、すぐに気を取り直して聞いた。

「でも、どうして僕に？」

「お前もどうせ、奴に弱みを握られてる口だろう？　奴と関わった人間がどうなろうと、俺の知ったことじゃない。だが、まだ若いお前が、俺の目の前で奴に骨までしゃぶり尽くされるってのは、我慢がならない。今のお前には、一人も味方がいない。お前には味方が必要なんだ」

柳川さんは、お前を実の弟のように思っている、と言わんばかりの熱いまなざしで南多を見た。南多は柳川さんの腕にすがりながら感激している。

「そうだったんですか。僕のこと心配してくれる人なんて、もういないと思ってました。僕、信じていいんですね！」

「ああ」

南多から顔を背けた柳川さんから、「チッ」と微かに舌打ちが聞こえた。それでも頑張って優しい目を南多に向ける。

「俺の目的は、上村を潰すことだけだ。お前が協力してくれるなら、お前も本当の意味で解放される。解るか？」

「僕……僕」

南多は涙を流して何度もうなずいた。

「俺が信用できなくてもいい。俺はお前の名前も何も聞かない。邪魔さえしなけりゃ協力なんざしなくていい。俺の狙いは上村だけだからな」

柳川さんが遠くを睨むように言い切る。そんな寂しいこと言わないでください、いらないなんて言わないで、みたいな感じの南多が、涙に濡れた顔で柳川さんを見つめた。

「お手伝いさせてください。僕、あなたの役に立ちたいです」

「俺の、力になってくれるのか」

「はい！　僕でよければ」

盛り上がっている二人、いや一人をよそに、遠野は困ったように有賀さんを見た。有賀さんは後ろを向いて肩を震わせている。それでも柳川さんは忠実に任務をこなしていた。

「お前を危険な目には遭わせない。安心しろ」

柳川さんは南多の目を見て微かに微笑む。よかったあ、と南多は乙女のようにじっと柳川さんを見た。なんだろう、うまくいってるのに素直に喜べない。

二人はしばらく話し込み、柳川さんは南多をうまく手なずけることができたようだった。柳川さんが何か言うたびに、「はいっ！」と南多は素直に従う。ストックホルム症候群って、こういう感じじゃないだろうか。南多、かなりヤバいな。

恐怖心とか警戒心みたいなものは麻痺してるのか、南多は聞かれてもいないのに名前やスマートフォンの番号を教える。柳川さんは泣いている南多を慰め、元気づけるように肩をぱんぱんと叩いて別れた。俺達三人は先回りして車に戻る。

車に乗り込むと、柳川さんはげっそりした顔でエンジンをかけた。「お疲れ様でした」と有賀さんが優しく言う。

「……かなり疲れた」

目と目の間を強く揉みながら、柳川さんは深い深いため息をついた。

南多と、『上村』こと斎藤の関係は、ほぼ思っていた通りの事情だった。

南多が斎藤の財布を盗み、代紋バッジと免許証をなくしてしまった状態で斎藤に捕まり、逆に利用されることになった。南多は前に篠原が言っていたとおり、今までも窃盗を繰り返して現金を抜いたり、バッグや財布を自分の物にしたりしていたらしい。

それを見抜いた斎藤はヤクザを装い、どこからか持ってきた貴金属やブランド品を南多に捌かせて、その二割を南多に渡していたそうだ。

柳川さんは、南多が次に斎藤に呼び出された時は、『何度か通った店は顔を覚えられて、買い取り査定が低くなってきたので、売りませんでした』と嘘をつくように指示をした。

その夜、みんなで有賀堂で待機していると、柳川さんの携帯電話に南多から連絡が入った。斎藤に呼び出された南多は、柳川さんの指示通りに動いたらしい。斎藤に渡された品物の特徴や詳細を聞いた柳川さんが難しい顔をした。

「決定的な証拠になるようなものは、まだ南多に持たせてないな」

「でしたら、まだ引っかかる余地があるかもしれません。明日も頑張ってくださいね、今度こそ普段着で構いませんから」

有賀さんが穏やかに笑って紅茶を飲んだ。


「まさかここに来ることになるとは」

翌日の午後、煙たなびく渋い店内で、俺はメロンクリームソーダを味わいながら呟いた。再び訪れたのは、南多と斎藤が話していた、大人達の憩いの場所みたいなあの「渋めの」喫茶店だった。それも今回は喫煙席に一人。

一人で来るつもりではなかったけれど、遠野が『そういうの、湯川が得意です』と押しつけてきたせいで、斎藤の背中合わせの席で、今、メロンクリームソーダをストローでつついている。

『上村』こと斎藤は、この喫茶店で南多と会うことになっていた。その南多は、指定時間に遅れて行くように柳川さんから指示されている。

勉強しているようなフリをして、頃合いを見てスマートフォンを手に取った。あんまりマナーの悪いことはしたくない。着メロを鳴らすのも忍びなくて、マナーモード着信にすぐ気がついたような雰囲気を装い、「もしもーし」と一人むなしく会話を始めた。

しばらくはうんうんと相槌を打つフリをして、斎藤の様子をちらりと見てから、少しだけ声を大きくした。

「あー、最近南多さんってすごくない？　バイトもしてないはずなのに、なんであんなに気前いいの？　株でもやってんのかな南多さん。あんな小ぎれいな顔してスタイル良くて金持ちとか、不公平っていうか許せないレベルだよ南多さん。昨日も女の子二人に、ごちそうしちゃう、とか言ってたし。……え、ボロ儲けしたって何？　南多さんが言ったの？」

聞こえよがしに言ってみる。いくらか本心が出てしまったので、リアリティはあったかもしれない。大人しかいない店で、こんな会話が聞こえる不自然さに気付いたのか気付かなかったのか、斎藤が俺の方をちらちら見ている気配がした。

そのあともしばらく、迷惑にならない程度に「うんうん」とか「そうそう」とか「やめてよー」とか適当なことを言って電話を切る。一瞬盗み見た斎藤の表情は、少しだけ険しい。俺の話を怪しいとは思うかもしれないけれど、こういうことは考えれば考えるほど疑いたくなってしまうものですと、さっき有賀さんが言っていた。

柳川さんが入れ知恵した『顔を覚えられて買い取り査定が低い』という南多の嘘を斎藤が信じたなら、『怪しい物は警戒されて簡単に高額では売れない』と判断して、軽率な動きは控えるだろう。でも、自分に渡す金は少ないのに『南多の金回りがいい』なんて話を聞けば、預かった物を南多が高額で捌き、金を抜いてる可能性を疑うはずだ。自分で直接金に換えている可能性も考えるかもしれない。……そう柳川さんは言っていた。

あとはお任せしました、という思いをこめて柳川さんに視線を送った。斎藤の向こうに座っている柳川さんは、おしぼりで顔を拭いている。

「今度こそ普段着で来てくださいね」と有賀さんが念を押したので、柳川さんはグレーのズボンに光沢のある紫色っぽいシャツを着ていた。暑がりなのか、上着はない。というか、それが普段着なのか。

斎藤の携帯電話が鳴った。南多からの電話のはずだった。三十分ほど遅れるという旨と、『まだ顔を覚えられていない、高く買い取りしてくれる店があるから、そこに行きたい』という、柳川さんが教えた通りのセリフを言っているはずだ。斎藤は訝《いぶか》しげな顔をしつつも、「早く来い、金はチョロまかしてないだろうな」などと小声ながらも南多が泣きたくなりそうな声でまくし立てた。

「……本当に」

抜いてないのか？　そう言いたそうな斎藤が言葉を切る。勉強を続けるフリをしながら双方を窺っていると、柳川さんは、そろそろかな、という顔をして、斎藤の電話が終わらないうちに携帯電話を取り出し、マナーの悪い客を演じ始めた。

「……店主がいるのは水曜だけなんだろ？　今日行ったってゴミ程度にしかならねえよ」

斎藤が電話を切ると、柳川さんの話し声だけが小さく聞こえた。斎藤に聞こえる程度の小声で、通報されない程度の物騒さを醸し出している。柳川さんのちょっと刺激的な通話内容に、斎藤が聞き耳を立てているのが解る。柳川さんはさらに聞かれたくない話をするように下を向きながら、ぎりぎり聞こえるように言った。

「あそこは胡散《うさん》臭い物も売れる。特にあの宝石を担当してる店主がザルだ」

そう言いながら柳川さんは、斎藤にしか見えない角度で札束を取り出した。なんかもうヤバい。ガチすぎる。

「……宝石や貴金属は、多少の訳ありもんでも、足がつく前にいじって流しちまうんだよ。ヤバいんだ、あそこの店主は」

携帯を耳と肩で挟みながら、柳川さんは銀行員のように札束を鮮やかに捌いてみせると、最後にぱちっといい音をさせて万札を指で弾いた。どう見ても、胡散臭くてヤバいのは柳川さんなんだけれど、下手な理屈より現ナマ見せる方が信じる、という柳川さんの言葉通り、斎藤の目はそこに釘付けになっていた。

しばらく柳川さんは、謎の『店主』を誉めているのか貶《けな》しているのか解らない話をひそひそとしたあと、「俺は大物が入ったら持っていく、最近仕事がやりにくくてなあ」と普通に犯罪者の会話みたいなセリフを言って電話を切った。氷の溶けたアイスコーヒーを一気に飲み、ふう、と妙に艶々した革靴を履いた足を投げ出して寛ぎ始める。

そんな柳川さんに、少し考えるような顔をしていた斎藤が立ち上がると柳川さんのもとへ行き、囁くように話しかける。

「すみません、ちょっと、お話をお伺いしてもよろしいでしょうか」

「なんだあんた、公安か？」

ぎろりと斎藤の顔を睨みつけて、ドスの利いた声で柳川さんが聞き返す。何やらよく解らない反応に動揺したのか、普通に怖いのか、斎藤はもじもじしながら「ちょっとお話が聞こえてしまって」とか「自分も業者を探していて」とか、ごちゃごちゃと敬語で話す。柳川さんは疑い深そうに斎藤を睨みながら、「俺は何も関係ない」とか「本当にあんたは警察じゃないんだろうな」とか、勿体ぶって斎藤を釣り上げようとしていた。

「ほんの気持ちです」と柳川さんの向かいに座った斎藤が二万円をテーブルに置いた時、柳川さんがすごく怖い顔をした。それでも少し考えたあと、納得したようにそれを受け取り、低い声で囁くように話し始めた。

——その店は青松町にあって、一見、中古ブランドショップみたいな若い人向けの質屋だ。店主が出どころを気にせず、趣味で買い取りすることがあり、うまくやればヤバい物でも金に換えられるという——。

柳川さんは凶悪な笑顔を見せながら、店の詳細を語る。話しているうちに調子が出てきたのか、「ククク」と笑いながら続けた。

「時計やブランド物はいろいろとうるさいが、金無垢の時計や宝石関連なんかは、奥から胡散臭い男が出てきてな、てめえの趣味で特別に買い取りするんだよ。俺も時々、結構な訳ありの指輪なんかを持ち込むんだが、あの野郎、上機嫌で買い取ってたな」

誰をモデルに話しているのか、柳川さんが胡散臭い店主の詳細を話す。

「水曜の午後なら確実にいる。受付はよそと同じで若い店員だから、一応普通の客のフリして行かないと不審に思われる。無難な宝飾品でも持ち込んで、店主が出てきたら本命見せりゃいいんだ」

そう言って柳川さんは、自分の店の場所を教えた。


有賀堂に戻ると、有賀さんと遠野が紅茶を入れて待っていた。上機嫌の柳川さんが、どかっと椅子に座って言う。

「うまいこと言っといた。お前も妙な演技しないで普段通りでいいぞ」

「そうなんですか。髭《ひげ》とか眼鏡とか、胡散臭い演出が必要かと思いました。……湯川君もお疲れ様でした」

有賀さんが穏やかに微笑みながら、紅茶を出してくれる。最近覚えた紅茶の香りにほっとしながら言った。

「あの人が柳川さんの話を、おいしい話だと思ってくれればいいんだけど」

「まあ、ブローカーとの繋がりもないようだし、今までも大して儲かってなかったはずだ。得られる金額に対してリスクのほうが高いって解ってたから、今まではやらなかったんだ。それでも金に困ってるのか、三月過ぎからバッグ類をちらほら金に換えてる。まだ捌きたくても捌けない物が手元にあるかもしれない。南多を使っていくつか店を様子見させて、良さげな店でも探すつもりだったのかもしれないが、そんな店なんざ、ない」

ずずっ、と紅茶を一口啜った柳川さんがカップを置いて続けた。

「少ない儲けの、さらに二割しか貰えない南多が、急に金回りが良くなって積極的に動くようになれば、疑いたくもなるだろう。南多みたいなバカでも高額でモノが捌ける素敵な店がどこかにあるんじゃないか、ってな」

「そんな素敵なお店が明日オープンです。決定的な証拠になるような物を持ってくるのを期待しましょう。明日は、僕の出番ですね」

「頼んだぞ、一日店長」

有賀さんにそう言うと、柳川さんはニヤリと笑って俺を見る。俺は、有賀さんがヤバくて胡散臭い店主と紹介されていたことを思い出して、ニヤリと笑い返す。有賀さんと遠野は、不思議そうにこっちを見ていた。


夕方になり、有賀さんの店を出ると、入り口で待っていたペッパーが嗅ぎ慣れない匂いを感じたのか、ふんふんと匂いを嗅いできた。

「ごめんなペッパー、喫煙席にいたから匂いがついてるかも」

ペッパーに謝りながら空を見る。暮れてゆく西は明るいのに、東の空は厚い雲に覆われていた。黒雲の下、風に揺れる新緑や建物の白い壁がオレンジ色に照らされて、なんだかいつもと違う景色に見えた。大学のあるこの街に通い始めてまだそれほど経っていないけれど、『いつもと違う景色』なんて思えるくらいにはこの場所に馴染んでいたらしい。

帰り道のついでに、クラーニヒに立ち寄る。千鶴さんがいてくれるので、篠原は無茶もできずにおとなしくパン屋さんのアルバイトをしていた。

「休んでいってもいいですか」と声をかけると、どうぞどうぞと千鶴さんはペッパー専用の皿を取りに行った。「少し甘そうなのがいいな」と呟くと、レジに立っている篠原が囁くように「今日はシナモンロールがありますよ」と微笑む。千鶴さんの影響なのか、俺に慣れてくれたのか、篠原も明るくなったような気がする。とんでもない目に遭ったけれど、こんなふうに元気でいてくれると安心する。

会計を済ませて、くぬぎの木があるテーブルに遠野と座る。「さっき柳川さんと何を笑ってたんだ？」と聞かれたので、喫茶店で柳川さんが有賀さんのことを、宝石ならどんな訳あり品でも喜ぶ、胡散臭くてヤバい男みたいにさんざん言っていた話を教えた。途端に遠野が爆笑する。

「お待たせしました」と千鶴さんが紅茶を持ってきてくれた。三人で夕日を見ながら再び有賀さんの話になる。篠原おすすめの甘いシナモンロールを食べながら、先刻のヤバくて胡散臭い話を千鶴さんにも教える。柳川さんの逆襲ですね、と千鶴さんも笑った。

「ところで千鶴さん、これってなんですか」

話を変えて、遠野が翳っているねじれたハートを指差す。千鶴さんは、その褐色で見るからに硬そうなパンを見て嬉しそうに笑った。

「プレッツェルです。ドイツではビールのお供に薦められるみたいです。うちのお店の看板にあるのもプレッツェルですよ。あれは鶴がプレッツェルを咥えてる図柄なんです」

ほら、と千鶴さんがクラーニヒの看板を指差す。「そうだったのか」と、ぽんと手を打った。変なハートを咥えている鳥の絵だと思っていた。

遠野のプレッツェルを勝手に一口ちぎって食べてみる。硬そうなパンだとは思っていたけれど、本当に硬かった。本場の人はこれでビールを飲むのか。その妙な味わい深さにうなずきながら千鶴さんに伝えた。

「妙に香ばしいような、塩気がおいしいような、癖になる味ですね。今までこの形が怖くて手が出ませんでしたけど」

「どうしてこんな変な形なのか、私も解らないんです。祈りを捧げている修道士をかたどったと聞いたこともありますが、これのどこがそうなのか、いまひとつ納得いかないんです。盗みを働いたパン職人が許しを請うために作ったという説もあります。でも調べても調べても、納得いかないんです、どの説も。こんな変な形じゃなくてもいいのにって」

千鶴さんはそのあとも、自分の店の看板商品にああでもないこうでもないと不満を表明して、ふと思い出したように店へ戻っていった。店内を見ていると、千鶴さんはレジにいる篠原から小さな袋を二つ受け取り、小走りでこっちに戻ってくる。

「これ、よかったらペッパーにプレゼントです。犬用に作ってみました。葱もチョコも入ってません」

ほら、と千鶴さんは、小さめのプレッツェルが入った袋を見せた。袋にかかっている青いリボンとピンクのリボンを見比べて、ピンクのリボンがついている袋を遠野に渡す。お礼を言う遠野の隣で、尻尾を振っているペッパーに言った。

「そっか、ペッパーは女の子だもんな」

「うふふ、夕貴子さんも言ってましたよ。名前は男の子みたいなのにって」

「名付け親の顔が見たいもんだね」

いつかの篠原みたいにそう言って、遠野を見ながらニヤリと笑う。前も篠原と千鶴さんでこんなふうに笑っていた。

「あ、やっぱり遠野君がつけた名前だったんですね」

千鶴さんも納得したように笑った。

クラーニヒを後にして、遠野やペッパーと別れたあと、駅へ向かう途中で着信があった。立ち止まって電話に出る。先日、緘黙症について話を聞いた言語聴覚士っていうのを目指している友人だった。

「篠原のケースは緘黙症じゃないかも」と話すと、友人も同じことを考えていたらしく、声帯に問題がないなら思い込みや勘違いかもしれない、と豪快な見解を述べた。「なんだよ、それ」と突っ込むと、『そうじゃなくて』と友人は電話越しでもよく通る声で続けた。

『精神的なものっていってても幅が広すぎるから、そう言ったんだよ。解りやすく言えば、想像妊娠みたいなケース。僕もそんなの専門じゃないから教授に聞いたんだけど、自分は声が出せないとか、声を出すのが怖いとか、声を出してはいけないって強く思い込むことで、肉体に変化をもたらすこともあるんだって。想像妊娠なら〝妊娠していない〟と診断されることで、症状は消える場合が多いらしいんだけど』

ありがたいけれど、あんまりすごいケースに例えられてもちょっと困る。要は、声が出せない、出したくないって思い込むような理由があって、声が出なくなったり小さくなる可能性もあるということか。

「勉強になりました」と友人に礼を言って電話を切ろうとしたけれど、ふと思いつき、会話を引き留めて尋ねた。

「ついでにもう一つ聞きたいんだけどさ、エーデルワイスってなんだっけ？」

『……僕が知ってるのは白い花かな』

「花か。歌の名前かと思った」

『それが一般的だよ。音楽で習わなかった？　エーデルは気高いとか高貴って意味で、ワイスが白って意味のドイツ語。エーデルワイスっていう白い花を愛でる歌だよ』

紳士と詐欺師と赤い紐

水曜は朝から風が強く、空の重い日だった。

早くから遠野と二人で有賀堂へ行ってみると、鉄製の格子型シャッターがすでに半分ほど開いていて、近くに紺色の車が停まっていた。

夜のうちに南多から連絡があったらしく、有賀さんはこれから柳川さんの店がある青松町へ向かうことになっている。俺達も参加したいという意思を告げてみると、「ガキは学校行ってろ」という柳川さんの一言で一蹴《いっしゅう》された。

「南多という学生も呼び出されるのは夕方のようです。有賀さんが穏やかに言う。見物したいなら夕方からでも間に合いますよ」

参加というより見物したいだけだと見抜かれていたらしい。結局、俺達は午後の講義が終わったあとに青松町に出かけることになった。


「篠原さん、どうする？」

昼休み、クラーニヒでなんとなく三人が揃ったところで、パンを食べながら報告する。

「今日、上村だか斎藤だかって人を柳川さんが捕まえるつもりらしいよ、たぶん南多も」

南多が篠原にしたことを思い出す。遠野も同じ光景を思い出したのか、不安げに言った。

「危険なことに近付かせないためにも、参加させたくないけどな」

危うきに近付いてしまいがちな篠原が、赤くなりながら慌てて否定する。

「いえ、私も午後はこちらでお仕事がありますから、そんなとんでもないことには」

「いいんじゃないですか？　護衛っていうか見張りが二人もいれば心配ないでしょう」

真後ろの声に振り返ると、紅茶を運んできた千鶴さんが立っていた。「いいんですか」

と篠原が驚いて聞く。やっぱり行きたいんだな。

「その代わり、おとなしくしてること。危ない人に近付いちゃダメですよ」

「お店は大丈夫ですか」

千鶴さんから紅茶を受け取って遠野が尋ねる。千鶴さんは空を見上げながら言った。

「今日はこれから天気が荒れそうですからね、そんなにお客さんも来ないでしょう。昨日、天気予報を見てそう思ったので、それほど仕込んでいないんです」

「え、仕込みってそんな前からするんですか。朝こねてるのかと思ってました」

驚きながら、紅茶を飲む。千鶴さんは眼鏡を直すと、ちょっと得意げに言った。

「朝は焼く直前の作業です。発酵に時間をかけるので仕込みは前日ですよ。それよりも、気をつけて出かけてくださいね」

思っていたより広い、警備室の白っぽい壁には、八台のモニターが設置されていた。配電盤やスイッチなんかも並んでいて、鉄製の厳重そうなキーボックスのそばに警報装置とか通報機能みたいな文字がちらりと見える。本格的だなと思いながらモニターに視線を戻した。八台のうち右の四台は画面が分割されていて、出入り口や展示品の周辺などを映し出している。左端の画面には、角ばったバッグを持った『上村』こと斎藤と、同じく角ばった大きめのバッグを持った南多が映っていた。

「裏口から回ってよかった。表からだと南多達と鉢合わせするところだったな」

そう言って遠野がねずみ色の椅子に座った。篠原は立ったまま、興味深げにモニターを凝視している。柳川さんは腕を組んでつまらなさそうに画面を睨みながら言った。

「お前はいちいち考えてることが古いんだよ」

素直に柳川さんに頭を下げる。質屋だなんていうから、和風で蔵のような建物を想像していた。おまけに大きく『質』って書いてある暖簾《のれん》をイメージしていたので、有賀さんの教えてくれた場所が解らなくて迷ってしまったのだ。電話で確認すると、目の前の明るくて高級な、若いお姉さんのいっぱいいるブランドショップみたいな店から柳川さんがのっそりと出てきて、「ガキがうろちょろするんじゃねえ」と捕まった万引き犯みたいに裏口から警備室に連れていかれて、今に至る。

店内はデパートに負けないくらいきれいで、明るい木目の棚にはブランドバッグなんかがきちんと飾られている。ガラスケースにはピカピカの時計やジュエリーが整然と並んでいて、客層は若い女性が圧倒的だった。そんな店内で上村と南多は、少し離れながらガラスケースや棚を眺めている。商品やお客さんを楽しそうに見ている南多とは違って、上村は何かを考えているように見えた。胡散臭くないから心配なのだろう。

モニターには、買い取り専用の個室が映っていた。柳川さんの指示で、制服を着た女の人に案内された有賀さんが画面に映る。

買い取り窓口は、店の奥まったところにある二つの個室だった。買い取りを待つ人達は個室の前の長椅子に座っていて、ちょっと病院の診察室みたいにも見える。事務所やら社長室があるのはその裏側で、さらにその奥には耐火仕様の倉庫なんかもあるらしい。

入り口は正面だけではなく、裏通りや駐車場からも入れるよう反対側にも作られていて、さらに離れた場所に社員専用の通用口がある。警備室はそこを入ってすぐの部屋だった。

「ここの音声」と柳川さんが、有賀さんの映っている画面を指差して指示する。「はい」とモニターの前に座っている制服の男の人が機器を操作すると、有賀さんの周辺で聞こえている音声が入ってきた。

個室内では、店員と客がカウンターを挟んでやり取りできるようになっている。カウンターは防犯のためか、アクリルみたいな透明の板で隔てられていて、乗り越えたり抱き合ったりはできない構造だった。

『八十六番のお客様』と女の人が南多を呼んだ。『二番の窓口にお入りください』とドアを開けて案内する。別の画面で確認すると、上村はまだ遠くから様子を見ているだけだった。番号札も持っていない。

ドアの向こうでは、有賀さんがにこやかに待っていた。南多が名乗ると、『存じ上げております』と丁寧に応対する。『一応、身分証を』と南多の免許証を確認して、南多が持ってきた高そうな時計や宝石ケースなどを受け取ると、鑑定もそこそこに厚めの封筒を取り出してカウンターに置いた。

『あまり早く終わっても変ですから、お茶でもお持ちしますね』

そう言って有賀さんは南多に見えないよう、受け取った時計や宝石ケースを速やかに裏へ渡すと、待機していたスタッフがすぐにそれを引き取る。有賀さんはお茶を持ってきて南多に勧めた。

警備室の内線が鳴った。受話器を耳に当てた柳川さんは、「よし、わかった」とだけ言うと、受話器を置いて息を吐いた。

「間違いないな。盗品確定だ」

南多からの連絡によると、上村はまず『ヤバい物』を南多に持たせ、『胡散臭い店主』が本当に出てくるのかを試し、問題がなければ自分も店主に会うつもりらしい。しかも、この期《ご》に及んでピンハネされる心配をしているらしく、南多に店内で待っているよう厳しく言っていたようだ。

柳川さんは南多をうまく言いくるめて、『その店は俺の仲間の店だ、買い取り窓口で名前を名乗ってバッグの中身を渡せ。上村には高く売れたフリをしろ』と指示していた。

『あとで、あの人に返してあげてくださいね』

南多がお茶を飲み終わる頃、有賀さんは封筒の札束をちらりと南多に見せた。上村を信用させるための現金らしい。

『そんなにあるんですか』と驚く南多に、有賀さんは少し困ったようにうなずいた。そのまま時計に目をやり、小さくため息をついて目を閉じた。

『そろそろ、時間ですね』

有賀さんは南多に封筒を手渡し、後ろのドアを手で示す。南多は、『ありがとうございます』と深く頭を下げた。

『まだまだ、やらなければならないことはたくさんあります。頑張ってください』

有賀さんがいろいろな意味にとれるような励ましの言葉を贈る。南多は、前向きスイッチ全開で明るく言った。

『そうですね！　僕はこれからあの人のために、まだ頑張らないといけないんでした！　柳川さんもこれから来てくれるんですよね！　僕のために』

『はい、必ず。ですから、待っていてください』

有賀さんに見送られた南多は、使命を帯びた表情で、ドアの向こうへと消えていった。

篠原は急いで別の画面から南多を探し、「ここです」とメンズ腕時計の並ぶガラスケースが映っているモニターを指差す。南多は素直に上村のところへ駆け寄り、鼻息荒く語りだした。店内は買い取り窓口みたいに音声は入らないけれど、すごいですよ上村さん、マジすごいです、みたいなことを言ってるように見える。

南多はさりげなく上村を誘導して、フィッティングルーム近くへ移動した。上村に金を見せることになったら、人目を避けられるここで見せろと柳川さんが指示をしていたらしい。高そうな冬物コートの並びを二人が通り過ぎると、柳川さんが制服の人に指示をする。

次の瞬間、南多のハイな声が聞こえた。フィッティングルームは場所柄、カメラが設置できない代わりに、防犯上音声を取れる仕様にしているらしい。

『マジすごいです上村さん、楽勝でしたよ！　身分証もチラ見で済みましたし、このまま逃げようかと思っちゃいましたよ』

つい本音が出てしまっているような南多の声に、『このバカ』と忌々しそうな上村の声が重なって聞こえる。

『黙ってろ。俺達は他人だろう？』

『でもでも、本当にすごかったから。見てくださいよ、この厚み、ほら』

南多が懐を探る。『こんなところで出すな』と、大人の判断ができた上村は今後のことが気になるのか早口で聞いた。

『どんな奴だった？』

『小柄で、白衣を着てて、やたら丁寧でにやにやしてました。胡散臭くて少し気味が悪い男でしたよ』

南多が急に神妙な声で答える。『そうか』と上村が黙った。篠原が気まずそうに見守っている隣で、遠野が腹を抱えて笑っている。柳川さんも満足げにうなずいて言った。

「だいたい俺の教えた通りに言ってるな」

モニターに視線を戻すと、買い取りの受付用番号札を取る上村が見えた。

しばらくして、『九十七番のお客様』と呼び出しがあり、九十七番の上村が一番の部屋に入る。カウンターには社員の女性が待っていて、まず椅子を勧めた。『本日はどういったお品物を』と尋ねられた上村は、『宝石などを少々』と趣味を嗜《たしな》んでるみたいに言った。

『宝石ですか、それでは僕に見せてもらってよろしいですか』

いきなり有賀さんの声がした。話は聞かせてもらったというふうに、どんな訳ありの宝石でも喜ぶという、胡散臭くてヤバい男が女性店員の後ろから現れる。

白衣を着た有賀さんは、にっこり笑って女性店員に言った。

『では、こちらは僕に任せてください』

有賀さんは女性店員を追い出し、裏の扉を閉める。そして白い手袋をはめると、上村を見て穏やかに微笑んだ。

モニターの中の上村は、妙に緊張しているように見えた。ぎこちなく口元で笑顔を作り、ちらりと有賀さんの胸元にある名札を盗み見る。

『どうぞよろしくお願いします』と有賀さんが紳士的な笑顔を浮かべると、上村は不安げに目を逸らし、バッグからえんじ色の小箱を取り出して有賀さんに見せる。『鑑定書などはお持ちですか』と尋ねる有賀さんに、『古い物なので』と上村が肩をすくめた。

有賀さんは、ルーペや鉄製の定規、デジタルスケールを出して速やかに鑑定すると、『買い取りでしたら』と電卓を叩いて、上村に微笑みながら続けた。

『今後も、もし処分に困っているような宝石などございましたら、どうぞお持ちください。故人の物や、あまり縁起のよくないような、訳あり物などでも結構ですよ』

どこか顔色の悪い『上村』こと斎藤は、柳川さんから聞いた話と、目の前の『店長』の情報を重ね合わせていたのか、少し考えたあと、控えめな声で聞いた。

『……どんなものでも構いませんか？　実はその、故人から譲り受けた、古くて出どころが解らない宝石がいくつかありまして、私もちょっと困っているんです』

『もちろんどうぞ。宝石でしたら、どのようなものでも構いません。古い物の中には素晴らしい宝が埋もれていますからね、掘り起こしたり、掘り出す価値はあるものです』

品よく笑みを浮かべる有賀さんから、上村は気味悪そうに目を逸らす。小柄で、白衣を着て、やたら丁寧でにやにやした、訳ありだろうが盗品だろうが宝石なら喜んで買い取りをする、胡散臭くてヤバい店主。吐き気をこらえるような表情で逡巡《しゅんじゅん》していた上村は、自分を励ますように小さくうなずいた。柳川さん情報、南多情報、目の前にいる有賀さん、すべての情報が一致したのだろう。

『実は、少し見ていただきたい物があるのですが』

そう言って上村は、再び足元のバッグから白木の箱を二つ取り出し、ゆっくりと開ける。光沢のある柔らかな布に包まれていたのは、見たこともない複雑な形の宝石だった。幾学的で非対称な多角形の、いびつにも見える真っ青な宝石と、紅茶色の宝石。二つとも、指輪にもネックレスにもなっていない単体の石なので、カラフルなキャンディに見える。

『これは』と、有賀さんが感動したように声のトーンを上げた。びくり、と上村が怯えたように身体を震わせる。モニターを覗き込む隣で、「あーあ」と遠野が困ったような声を漏らした。有賀さんは明らかにさっきと違うテンションで語り始める。

『素晴らしい。ドイツカットのブルートパーズではありませんか。それも青が深い。魂を奪われそうな美しさです。こちらのシトリンも、同じくドイツカットですね』

ドイツドイツと震えるように解説しながら、有賀さんは二つの宝石に負けないくらいにキラキラと目を輝かせて上村に尋ねた。

『もちろんこちら、ご融資ではなく買い取りさせていただけるんでしょうか』

上村はぞっとしたように『え、ええ』とうなずく。有賀さんはお地蔵様のような表情で電卓を叩き始め、思い出したように聞いた。

『恐れ入りますが、一応、免許証などの身分証明になるものをお持ちですか』

上村は、ドン引きしながら薄い財布を取り出し、カードホルダーから免許証を抜いた。そのまま財布を手元に置き、『上村』の免許証を一瞬眺めて店長に渡す。

『少々お預かりさせていただきます』

そう言って免許証の顔写真と上村の顔をちらりと見比べると、有賀さんはそれをカウンターに置き、すぐに上村の手元に滑らせた。

上村がほっとしたように免許証を財布に入れると、『上村様』と有賀さんは真剣なまなざしを向けながら、上村が財布をしまう間もなく握手を求めた。そのままうっとりと手を握った状態で、歌うように続けた。

『二つとも素晴らしいです。他にもございましたら、ぜひ他店ではなく、僕のところにお持ちいただけないでしょうか。保管の状態も素晴らしく、ほとんど傷もありません。この繊細で緻密なカットが、艶やかでありながらも鋭いきらめきを作り出しているんですよ。上村様も手離す前に、こちらのルーペでご覧になってあげてください。本当に素晴らしいものですから』

そう言って手をやっと離した有賀さんは、身を乗り出して上村の手にルーペをきゅっと握らせた。柳川さんの時にも思ったけれど、なんでだろう。うまくいってるような気はするのに、喜べないようなこの気持ち。

『そういうものですか』と上村がルーペを覗き込む。目の前の宝石に焦点が合わず苦労しているらしく、片手で電卓を叩きながら有賀さんがアドバイスする。

「あっ」

モニターを見ていた遠野と俺、さらに篠原までもが思わず声を漏らした。

画面の中の有賀さんは、かちゃかちゃと左手で適当に電卓を叩きながら、伸ばした右手で上村の財布を手元に引き寄せ、免許証を抜き出していた。

『もう少し近付けてみてください、ああそこです。その辺り、いいです』

背中を掻いてもらっているような有賀さんの嬉しそうな声とは逆に、上村は吐きそうな顔でルーペを覗き込んでいる。大金ゲットのためにも、ここが我慢のしどころなんだろう。

『もっとよく見てあげてください。この色味と透明度は素晴らしい。こちら、少し色をつけさせていただきますので、僕に譲ってくださったことは、秘密にしていただけますか』

有賀さんは財布を戻すと、ひたすら耐えるような顔でルーペを覗いていた上村に電卓の数字を見せた。ルーペを目から離した上村が報われたような顔でうなずく。きっと魅惑的な数字が並んでいるんだろう。

『ああ、お財布はしまわれて結構ですよ。封筒に入れてお渡ししますし、上村様のお財布には少々きついかもしれません』

薄型のブランド財布に目をやりながら、有賀さんがにっこり笑う。上村は疲れたような顔で財布を懐にしまった。

『それでは準備してまいりますので、しばらくお待ちください。譲渡証明書や領収書などは……よろしいですね？』

そう言って有賀さんは、バックヤードへ退場した。残された上村が不安そうに考え込む。今までの様子と顔色からして、ストレスでお腹の調子が崩れたのかもしれない。

『すいません、すぐ戻ります。ちょっと、トイレに』

お茶を持ってきた店員に断って、上村が席を立った。個室の外に出て、不安げに辺りを窺う。まずいな、逃げる気か？と遠野と二人で警備室を出ようとすると、モニターを眺めていた柳川さんが「バカな奴」と呟くのが聞こえた。

上村は、具合の悪そうな顔をしながらも、トイレへは向かわなかった。店の奥で女性店員と楽しそうに話している南多に目もくれず、裏手側へと歩いていく。

「気付かれたのかもな」

上村を追って廊下を歩きながら、遠野が真剣な顔をした。俺は上村の心情を慮《おもんぱか》って言う。

「外の空気が吸いたくなっただけかもしれないけど」

逃がすわけにはいかないので、それとなく上村に近付く。男性用腕時計が並ぶガラスケースを抜け、ブランドバッグの並ぶ棚を通過し、厚いガラスドアの手前に上村がたどり着くと、観葉植物の陰から、スーツ姿の見知らぬ男が二人現れた。

妙だ、と遠野と身を隠して様子を窺う。二人の男は丁寧に名乗りながらも、警察の人間であることを示す黒い身分証を上村に見せた。どちらかというと年上に見える方の男が、不機嫌そうな声を出す。

「斎藤成実さんに用がありまして」

黙ったまま遠野と顔を見合わせる。二秒ほど固まったように見えた上村は、すぐに動きを取り戻して言った。

「……存じませんが、誰でしょうか」

「失礼ですが、あなたが斎藤成実さんでは？」

年下の、物腰の柔らかい方が申し訳なさそうに尋ね、それとなく身分証の提示を求める。

上村は首を傾げて答えた。

「違いますが……誰かと間違えていませんか。私は上村と申します、この通り」

上村は協力的な雰囲気をつくりつつ、財布を取り出し免許証を見せる。二人の男が顔を合わせて覗き込むと、意味が解らん、という顔で上村を見た。若い方の男が丁寧な口調で、免許証の氏名欄を示す。

「恐れ入りますが、もう一度、こちら確認していただけますか」

何をでしょう、と首を傾げながら免許証の名前を確認する。

「なんで斎藤⁉」

上村が小さなカードを見て叫ぶ。驚くのも無理はなかった。先刻まで『上村善行』だった免許証は、なくしたはずの『斎藤成実』に変わっていた。

「馴染みの警察を、呼んでおいたんだよ」

警備室に戻ると、柳川さんは戦隊物の司令官みたいにどかっと座って笑っていた。戻ってきた有賀さんも、微笑みながら扇子をゆらゆらと動かしている。遠野がため息をついて有賀さんに言った。

「よくあんな真似できますね。気付かれたらどうするつもりだったんですか」

有賀さんは斎藤にルーペを覗かせている間に、『上村』の免許証を本物とすり替えていた。初めてルーペを覗いた時の俺と同じように、斎藤も片目をつぶって覗いていたらしい。

「一応あれだけは本物ですから、本人に返すべきかと。チャンスがあったので、ついでに返してみたんです」

有賀さんは胸元から『店長』の名札を外して、柳川さんに返した。店長、という肩書の下には見知らぬ名前がある。

「あれ、柳川さんの名札じゃないんですか」

「俺に名札なんかねえよ」

火のついた煙草を咥えながら、どうでもいいように柳川さんが言った。「柳川さんって何者なんですか」と小さく言うと、有賀さんが笑いながら教えてくれた。

「僕と同じ、代表取締役社長ですよ」

「え、あっ、そうなるんですね、そういえば」

なんとなく、社長と聞いてあせってしまう。「どうでもいいだろ」と柳川さんは、内線に呼び出されてどこかへ行ってしまった。続いて有賀さんも呼ばれていく。

ふとモニターに視線を戻すと、さっきまで女性店員と甘いトークを繰り広げていた南多が廊下に向かっていた。買い取りが終わったはずの上村が見当たらないことに気付いたらしく、不安そうに廊下をきょろきょろしながら駐車場側の出口近くを歩いている。

次の瞬間、ガラスドアの近くで固まった南多がモニターに映った。

駐車場にはまだ上村達がいた。さらに警察官らしき人影と白黒の警察車両が増えている。

その様子から南多は、自分にとってかなり不利な状況になっていることを理解したらしい。すぐに踵《きびす》を返し怪しまれない程度の小走りで反対側の正面入り口に向かい、一瞬モニターから見えなくなった。

「しまった、南多が！」

思わず叫ぶと同時に、篠原が椅子をがたっと鳴らして立ち上がる。

遠野は正面入り口付近のモニターを睨みながら、真剣な表情で言った。

「あっちだ。南多は今、左に逃げていった」

「駅か」と篠原に続いて立ち上がる。篠原を止めたいけれど、無理やり女の子の腕を掴むのもどうかと思って、遠野を見る。遠野は一瞬考えるような顔をして、ペッパーに命令するように言った。

「待て篠原。危険な真似は」

するな、と言い終わる前に篠原は警備室を出ていってしまった。モニターには、店内を疾風のごとく駆け抜けてゆく篠原の姿が映る。

「……行っちゃったね」

「よし、俺達も行くか」

「でも南多って、左に逃げたの？」

モニターの中で左の方へ消えていく篠原を横目で見ながら遠野に確認すると、遠野は大きなバッグを肩にかけて立ち上がり、平然と言った。

「嘘。たぶん逆方向だよ。篠原に行かせるわけにいかないだろ」

「紳士だね」

警備室を出て歩き出す。心持ち早足になっている遠野に聞いた。

「右って何があるっけ」

「有名なセレクトショップ。ちなみに俺のバッグもそこで買った。こういう時、とりあえず一番落ち着けるところに身を隠すものですって有賀さんが言ってた」

「なんだ、結構そういうところに出入りしてんじゃん」

正面口から出て右へ曲がり、三軒ほど先に見えるガラス張りの高級そうな店、遠野の言うところのセレクトショップへと急ぐ。近付いて外から覗き込むと、その奥に南多の姿が見えた。

「……ほんとにいたね」

「だろ」と遠野がガラスドアを押して店に入る。とてつもないアウェイ感に居心地の悪さを覚えながらも遠野に続き、高そうな靴や服が並ぶきらびやかな店内を歩く。ふと知っている声に慌てて身を隠した。奥では、新作のジャケットを眺めている南多が店員に話しかけられている。

「こちらは今週入ってきたばかりの新作ですよ。よろしければ羽織るだけでも」

「あーこれ、いいですよねー。どうしようかなぁ、今ちょうど現金あるんだよなぁ」

ベージュグレーのジャケットを手に、すっかりリラックスしたような南多が値札を見る。ちらりと見えたその値段は、二十二万六千八百円だった。

使ってはいけないはずの現金を懐に持つ南多の死角に回り込みながら様子を見る。お店のスタッフ達は人を見る目があるのか、うっかり迷い込んだ子羊二匹に話しかけてくることもなく、優しい目で見守ってくれている。逆に、南多に対しては攻めのスタンスで、二十万以上もするジャケットを猛プッシュしていた。

「ぜひ羽織るだけでも」と店員に勧められた南多が、「じゃあ、ちょっとだけね」と上着を脱ぎ、パソコンが軽く買えそうな値段のジャケットに袖を通す。ちょっと大きいかなぁ、と鏡の前でポーズを決めて首を傾げる。

「なんか、この空気の中でどういう顔して登場したらいいんだろう」

「ここで南多と揉めても、あいつに有利な気もするな」

やりにくそうな顔で遠野も呟く。南多がじっと見ている鏡に映らないよう、斜め後ろへ移動する。南多を確実に捕まえたいけど、どのタイミングで出るべきか。

ペッパーがいればなあ、と結構本気で思いながら遠野を見た。それを察した遠野が呆れたような顔をして肩のバッグをかけ直す。その隙間からペッパーの赤いリードが見えた。

「それ」と赤いリードを指差して引っ張り出すと、遠野に見せて目で合図する。遠野は一瞬考えたあと、笑いをこらえるような顔をして南多の正面に回った。

「もうワンサイズ小さいのもお持ちしますね」と店員はバックヤードへと向かう。南多はまだ遠野に気付かず、そのまま別のジャケットやベストっぽい服を手に取って眺めている。店員のいない今がチャンスだった。

寛いでいる南多の真後ろにさりげなく回り込み、腰にあるベルト通しにリードの金具をそっと繋ぐ。俺と運命の赤い紐で繋がれた南多に、遠野が正面から問いかけた。

「南多さん、探し物は見つかりましたか？」

驚く南多に、遠野は例の小さなバッジを見せた。南多の表情が変わる。

「やっぱり、君が持ってたのか」

「でもこれ、南多さんが盗んだ財布に入ってたものですよね。バレそうになったから俺のバッグに捨てて逃げようとした」

「バッジも免許証も、斎藤だか上村って人のだったんですよね」

赤いリードを持っていることを気付かれないよう隠し持ったまま、後ろから付け加えると、南多が顔を引きつらせた。

「……君達には関係ないし、僕は忙しいんだ」

あまり説得力のない捨てゼリフを吐きながら、南多は店の外へと歩きだす。そう言わずに、と赤いリードが繋がっていることを気付かせないよう注意しながら、ぴったり南多にくっついたままアウェイ組も外に出る。

「ついてくるなよ」とスマートフォンを取り出して小走りになっていく南多に、「じゃあ止まりまーす」と持っているリードを思い切り引っ張った。

「おわっ」

何が起きたのか解らず、バランスを崩して転びかけた南多を、両脇から二人がかりで捕まえると、「なんだよコレ！」と腰のリードに手をやりながら南多が喚いた。

「ちょ、離せよ！　お前らいい加減にしろよ！　怖い人呼ぶぞ！」

スマートフォンを片手に南多がすごむ。「怖い人？」と遠野と顔を見合わせているうちに、南多はどこかに電話をかけて話し始めた。

「もしもし！　柳川さんですか？　僕です！　変な奴らに絡まれて困ってるんです、すぐ来てください！」

南多はまくし立てるようにそう言って、自分のいる場所を詳しく話して電話を切った。思わず黙り込む俺と遠野を前に、南多は勝ち誇ったような顔をした。

「お前ら、どうなっても知らないからな！」

しかし、南多が待っている怖い人は、すぐに現れなかった。早く来てくれないと、さすがに通行人の視線が辛い。

もうこの際、警察でもいいから来てくれないかなと南多を押さえたまま空を見上げると、回転する赤色灯の光が近付いてくるのが見えた。反射的に南多が逃げようともがく。

「……俺達、ヤバくない？」

近付いてきたのはもちろん、白黒の警察車両だった。通り過ぎていくかと思いきや、パトカーは減速してそのまま俺達の前で停車する。ひょっとして、通報されてしまったのではなかろうか。この状況を、なんて説明しよう、と遠野と顔を見合わせるそばで、パトカーの後部座席のドアが開いた。

「待たせたな」

降りてきたのは制服を着た警官ではなく、指名手配の凶悪犯みたいな強面で、恰幅のよい——柳川さんだった。

「面倒だから警察ごと来た」と言う柳川さんは、前の座席に乗っていた本物の警察官を促して降ろすと、「僕ですよ!?　柳川さん」としがみついてくる泣きそうな南多をそのまま引き渡した。そして「先に戻ってるぞ」とタクシーに乗るみたいな気軽さで俺達に言うと、再びパトカーに乗り込んだ。

すごい面子《メンツ》を乗せて発進するパトカーを遠野と見送り、徒歩で柳川さんのお店に戻ると、有賀さんが待っていた。篠原も戻ってきている。

「インテリでもヤクザでもねえな。ただのバカだ」

警察への応対から抜け出してきた柳川さんの話によると、やはり斎藤はヤクザではなく窃盗犯だった。斎藤は少し前から頻繁に起きていた窃盗事件に関わっていて、基本的に現金だけを盗んでいたが、現場で見つけた宝石やブランド品にもつい手を出して、それを金に換えることを考えたらしい。例のバッジも有賀さんの言っていた通りレプリカで、暴力団関係者を装って、詐欺とか恐喝なんかもしていたらしい。

「あとは俺の方で処理しとくから帰れ。調書取られたり証拠品押収されたり、とにかくこれから時間かかって面倒臭いからな」

柳川さんは通用口までみんなを見送ると、忙しそうに戻っていった。店員や警備員達も、証拠の画像などを警察に見せるための準備で忙しいようだ。

「柳川さんって、ヤクザよりは警察と仲がいいんですね」

柳川さんの背中を見ながらなんとなく言うと、有賀さんはのんびりとうなずいた。

「質屋さんですからね。警察との繋がりは強いはずですよ。盗品などを確認しに来たり、素行の怪しい人なんかをマークしていくそうです。柳川さんは結構貢献しているので、捜査褒賞金も時々もらってるみたいですよ。お店側も盗品ってすごく迷惑だそうです」

「やっぱり盗品って解るんですか」

「高額な時計は管理番号が打ってあるので、盗難届が出ていればすぐに解るそうです。盗難物の目録なども回ってくるそうですから、宝石もある程度は解るみたいですよ。それにプロは、そんなものなくても、なんとなく気付くものです。ただ証拠がないものを決めつけて、とやかく言うわけにもいかないので、査定額をものすごく低くして持ち帰らせるそうです。盗品だと知っていて売ったり買ったりするのは犯罪ですから」


日も落ちてきたので、とりあえずみんなで駅に向かうことにした。外は暗い曇り空で、風が強くなっている。大きな陸橋を渡りながら有賀さんに言った。

「それにしても、有賀さんの店長っぷりもすごかったですね」

「見てるこっちがハラハラしましたよ」

遠野も有賀さんを横目で見た。有賀さんは少し照れたように空を見上げて言う。

「あれはまあ、彼がなぜかとても緊張していたので、積極的に動けたんです。それにしても、妙にうまくいきましたね」

「そういえば、二つともドイツカットだったんですよね。そんなによかったんですか、斎藤の持ってきた石って」

「まあ、あの辺はちょっとオーバーだったかもしれません。本当は、盗品なんて可哀想で、見るのも辛いです。ドイツカットは素晴らしかったですけど」

「ドイツカットってなに？」

一応遠野に聞いてみた。人気のポップコーンの店に続く行列を避けながら、遠野が説明する。

「簡単に言えば文字通りドイツでカットされた石だよ。エッジがシャープで、正確で、緻密に計算された特徴的なカットが多い。ドイツでカットされた石は別格扱いなんだ。同じグレードの石でもドイツカットってだけで値段が倍になるほど、世界的に評価が高い。特に『イーダー・オーバーシュタイン』ってところは世界的な宝石加工都市で、原石はほとんど取れないけど、世界中から高品質な原石が集まるらしい」

ですよね、と遠野が確かめるように有賀さんを見た。篠原もびっくりしながら聞いている。有賀さんは嬉しそうに言った。

「はい、『イーダー・オーバーシュタイン』というのは『石の上の町』という意味で、就業者の七割近くが宝石に関わる職業に就いているんです。遠野君が言った通り、ドイツカットは特徴的なものが多いですし、今回の石も個性的な形でしたから、逆にあの子たちもすぐ持ち主の元に帰れるんじゃないでしょうか」

有賀さんがほっとしたように言う。俺も別の意味でほっとしたことを伝えた。

「よかった、あんまり感動してたから、思わず本気で欲しくなったのかと思いました」

「いえ、演技ですよ」

有賀さんが、いやににっこり笑う。

「本当でしょうね」

遠野は困ったように言った。


青松町の駅に着く頃には風が強くなっていた。少しだけ水の匂いもする。

「遠野ってさ、有賀さんの弟子ならなんで『外国語学部ドイツ語学科』に行かなかったの。せっかくうちの大学って、ドイツ文化とかドイツ語教育に定評あるのにさ」

雲の様子を見ながら聞くと、「そこ出たって、有賀さんなんかあんなだろ」と遠野は有賀さんに聞こえないように小声で言った。聞こえてしまった篠原が気まずそうに有賀さんを見る。駅に到着すると、有賀さんは時計を見て言った。

「遅くなってしまいましたね。遠野君、雨になる前に帰りましょう。夕貴子さんは？」

「せっかくなので、寄り道して帰ります」

篠原はそう言って白い傘を見せる。切符売り場で有賀さんが財布を出しながら聞いた。

「湯川君は、どちらにお住まいでしたか？」

「ここの隣の梅鶯町です。俺もちょっと寄り道して帰ります」

「俺はペッパーが待ってるから有賀さんと帰るぞ」

「お疲れ様でした」と四人で挨拶し合って、改札前で遠野と有賀さんに手を振って別れる。

二人が見えなくなってから、白い傘を持った篠原に真面目な声で言った。

「篠原さん、話したいことがあるんだけど、ちょっとだけ付き合ってもらえないかな」

「なんですか」と篠原は小鳥みたいに首を傾げながらも、小さくうなずいた。時間が時間だし、天気も天気なので申し訳ないと思いながら頭を下げる。

「ごめんね、話しやすいお店があるからさ、お茶でも飲みながら話そうよ」

エーデルワイス

再び駅から遠ざかり、ちょっと高級な住宅地を歩きながら、「ペッパーも連れてきたかったね」とか「ペッパー頭いいよね」とか適当な話をしながら篠原と歩いた。

本当はまだ迷っていた。収まりのついた事柄を掘り起こす必要はないし、余計なことはしたくない。誰も望んでないなら尚更だった。それでも一つだけ、気になることが頭から離れない。でも篠原に悪趣味な奴だと思われるのも、ちょっと嫌だったりする。

なだらかな上り坂を歩いた先の高台に、少しだけ洒落た喫茶店があった。女の子を連れていくならおすすめ、と高校のクラスメイトに教わったお店だった。ここから五分も歩けば、青松町では有名なユークロニアホテルや洋菓子店エーデルシュタインがある。

ちょっと洒落たお店のドアを開け、篠原を先に通す。あんまりジェントルな感じには振る舞えないけど、篠原はぺこりと頭を下げて笑ってくれた。空模様のせいかお客さんは少なくて、窓際の席に案内された。篠原に奥の席を勧めて、俺が入り口側に座る。

外は荒れそうな雰囲気だけど、店の中は静かで落ち着いていた。テーブルには赤いオイルランプが灯っていて、外が暗くなってきたぶん、ランプの炎がきれいに見える。

テーブルに置いてある黒い表紙のメニューを開き、「ご馳走するから」と冗談っぽく笑いながら篠原に見せた。「とんでもないメニューでもいいよ」と奇抜なパフェやかき氷のページを見せると、篠原は「普通に紅茶がいいです」と笑った。紅茶を二つオーダーして、「お疲れ様でした」と、とりあえず出された水を二人で飲む。

何から話そうかと言葉に詰まる。重要なことを先に言わずに、あんまり遠回しなのもどうかと思う。グラスを両手で持ちながら俺を見る篠原に、なるべく軽く言ってみた。

「見当違いかもしれないけどさ、篠原さん、フルートで『エーデルワイス』って吹ける？」

からん、と篠原の持っていたグラスの氷が音を立てた。質問の意図を察したのか、驚いた顔で俺を見る。否定する気配はなさそうだった。

「篠原さんって、青松町にいたんだよね。転校する前まで、そこのユークロニアホテルの道が通学路じゃなかった？」

篠原は中学二年の春に、青松町から遠野がいた黄鷹町に転校したはずだった。

店員さんが紅茶を持ってくる。窓の外は雨になっていた。風もさらに強くなって、時折雨粒が窓を叩く。

「あの、どうしてそう思ったんですか」

紅茶のカップに手を添えた篠原が慎重に聞く。警戒しているというより、自分に迂闊《うかつ》なところがなかったかを心配しているようだった。ストーカーみたいには思われてないようなので、少しほっとする。

「有賀さんとこでケーキ食べたじゃん。あの時、お皿に載った状態のケーキを見て、篠原さんはすぐに『エーデルシュタインだ』って言った。この辺では有名な店だから、知っていても不思議じゃないんだけどさ。でも篠原さん、俺の話から思い出したわけでもなくて、チョコレートケーキを見て言ったんだよね」

——『あっ、エーデルシュタインだ、これがいいです』。あの時篠原はそう言っていた。

「篠原さんはあのケーキの名前が『エーデルシュタイン』であることを知ってたようだった。ケーキ屋『エーデルシュタイン』のチョコレートケーキという意味じゃなくてね。でもなぜか、それを知ってることを隠そうとしてた」

「ごめんなさい。つい意味もなく隠してしまって」

「いやごめん、謝らないで。責めるつもりで聞いたわけじゃないんだからさ。その、ついとっさに知らないフリしちゃったのは、ちょっと解るし。それに、つい隠したのには意味があるんじゃないかな。篠原さんは気付かれたくないことがあるんだよね、遠野に。あと、女の子なのにペッパーなんて名前をつけた奴が遠野だっていうのも、前から知ってたんだよね？」

篠原が顔を上げた。黙ったまま大きな目でこっちを見る。

「千鶴さんと話してた時さ、篠原さんは遠野を見ながら『ペッパーの名付け親の顔が見たい』って言った。ペッパーの名付け親があいつだって知ってたんだよね。あれ、千鶴さんも知らなかったことなんだ。遠野も恥ずかしいから、自分が名付け親だって言いたくないみたいだよ。……五年前の電話の相手には話したらしいけど」

「あの、まさか、湯川さんは」

震える声で呟いた篠原の顔が強張る。ごめん、と謝りながら言った。

「偶然だけどさ、遠野から、五年前にかかってきた電話の話を断片的に聞いたんだ。でも遠野は、その相手が篠原さんだとは思ってない。篠原さんだけの秘密なんだ。だから、無関係な部外者が、五年も前のことをどうこう言うつもりは全然ないんだけど、五年前に遠野が電話で話した相手が篠原さんだったなら、少し気になることがあって」

「気になること、ですか」

五年前の春、遠野が話した相手が楓ちゃんではなく篠原なら、確かめたいことがある。でも、それは篠原にとって余計なことかもしれない。

「似ている木を見つけたんだ、篠原さんに。その木は……一本だけちょっと背が低くて、一緒にいた他の木とは別の場所に移されて、元気がなくなってたんだよ。本当はその前に、もう一本あったみたいなんだけど、枯れてしまった」

転校させられて元気がなかった、ちょっと背の低い女の子。枯れてしまったもう一本の木。前に言っていた『友達の形見なんです』という言葉。これらを含めてあの木を自分と重ねていたのなら、篠原は友達を亡くしていたことになる。

「エーデルシュタインっていうケーキ屋さんが近くにあって、金縁の赤い王冠が見える場所に立ってる木だよね。その木も寂しくて枯れかけて、ダメになりそうだったんだよね、篠原さんも」

篠原は黙ったまま小さくうなずいた。緊張は解けているように見える。ごめん、と心の中で謝りながら、篠原にとってちょっと恥ずかしいであろう話を一気に話した。

「俺も行ってみたんだけど、今はあの木もすごく元気で、周りの人達に愛されてるってホテルの人も言ってた。毎日話しかけていく女の子もいたんだって。その子は五年くらい前、学校の行き帰りにあの木に会いに来てたらしいんだけど、その後も時々、フルートでエーデルワイスを吹いてたってホテルの人が言ってた。歌を歌ってあげたらって遠野にアドバイスされた篠原さんが、歌の代わりにフルートを吹いてたのかなって思ったんだ」

篠原の部屋に、ピンク色の細長いバッグがあった。女の子の部屋をじろじろ見ていたと思われたくないから言わないけれど、フルートを持ち運ぶためのバッグだったのではないだろうか。

恥ずかしそうに下を向いている篠原に、ちょっと真面目な声で言う。

「気になってるのはここからなんだ。こんなこといきなり聞くのは失礼だと思うんだけど、篠原さん、今、あまり大きな声が出せないみたいなのは、どうしてなの？」

篠原が、驚いたように顔を上げた。南多に襲われた時も篠原は大声を出さなかった。

「生まれつきじゃないよね。家族の前では普通に声が出るとか、そういう感じ？」

「そういうわけでは」と首をふるふると振る篠原の目を見ながら聞く。

「篠原さんって、中学二年の春までは、普通に声が出て、話ができてたんじゃない？」

君の声は素敵だから、とか遠野が言いやがってたくらいだから、少なくとも遠野と電話した時点では普通に話ができていたはずなのに。

「遠野が悪いわけじゃないけどさ、原因は遠野にあるんじゃないの？」

遠野に不利な話がしたいわけじゃない。それは篠原も同じだと思う。しばらく考えていた篠原は、消え入りそうな声で言った。

「たぶん、癖になってるんです。自分でもよくわからないんです」

治さないの？と言いかけて思い出す。『直さないのか』。いつか遠野が篠原に向かってそれを尋ねたのは、直せないブローチのことだった。

声を出せなくなった理由が、声を『出したくない』とか『出すのが怖い』とか『出してはいけない』と強く思い込んだことによるものなら、その負荷を軽くする試みには価値があると思う。でも、篠原にとって、これが声と引き換えにしても隠しておきたい秘密なら、無関係な部外者としては余計なことを言えない。篠原が必死に守っていた秘密をほじくり返すのは、俺だって少しは怖い。

篠原はしばらく黙ったあと、少しずつ自分の話をしてくれた。辛い時期が同じだったこともあって、篠原は遠野にこっそり仲間意識みたいなものを持っていたらしい。

相手が解っていなくても、ちょっと恥ずかしい話をした者同士、秘密を共有してる感覚は遠野にもあるんだと思う。その秘密の、共有できなかった部分が、篠原の声を殺す原因になっている。その原因を解消するのは簡単なはずだったのに。

「遠野君のせいじゃないんです。私の勝手な事情ですから、いまさら遠野君に言う必要もないと思って」

恥ずかしい話もしてるし、と少しだけ冗談っぽく篠原が言った。遠野の恥ずかしいセリフを思い出して笑いながらうなずく。

「そうだね。言う必要は、遠野のほうにはないかもしれないね。君には、ないの？」

「……わかりません。考えるのは、少し怖いです。もう、五年も経ってしまったし」

篠原はそう言って、本当に怯えているように自分の両腕を軽く抱いた。

壊れたブローチを、壊れたままにしておこうとした篠原。バラバラになってしまった蝶。ずっとあのままなんだろうか。

「篠原さん、あの蝶のブローチ、どうしてる？」

唐突な質問に、篠原はちょっと考えるような顔をしてゆっくり答えた。

「千鶴さんに、預かってもらってます」

「あのブローチ、直そうって思う？」

真剣な顔で篠原を見る。なんとなくだけれど、篠原の、ブローチに対する意向や考えが、自分の声に対する向き合い方に繋がっているような気がした。

真剣に考えていた篠原は、小さく泣きそうな声で言った。

「ごめんなさい。どうしたらいいのか、わかりません」

そっか、となるべく軽い感じでうなずいた。余計なことばっかり聞いてごめん、と謝る。

「あの、遠野君には、この話……」

篠原が怯えたような目をして小さく言った。遠野の秘密や思い出みたいなものを壊してまで、本当のこと明らかにする必要はないかもしれない。その気持ちはちょっと解るけど、たぶん遠野はそういう気の遣われ方が嫌いなはずだし、篠原もそれは解っている。でも、ちょっと後ろ向きすぎないか？

かといって俺が余計なことをしても、篠原の声が戻る保証はない。篠原の望まない結果ばかりを与えるようなことはしたくなかった。誰の意思を尊重して、誰のために動くべきなんだろう。できれば嘘はつきたくない。

でも、嘘になるかもしれない言葉を、篠原の目を見て言った。

「君が秘密にしていたいなら、言わない」

「送っていけなくてごめん」と篠原を先に帰した。俺は傘がないし、篠原の傘で雨の中を二人で歩くのもどうかと思う。

篠原が帰ったあとも、しばらく窓の外を眺めていた。せめて篠原が駅に着くまでは本降りにならないといいけれど。

抱えている秘密のために、篠原は声を封じてしまった。秘密が秘密でなくなれば、声を殺す必要はなくなるはずだ。癖になっているのかもしれないけれど、改善される可能性はある。

しかしそれは、俺がいきなり間合いを詰めて手を出すべきものではないように思える。前向きな考え方ではないけれど、目の前にある状況を悪化させるよりはマシだと思う。俺の判断が遠野や篠原のプラスにならなくて、お互いの思い出が今以上の重荷になるかもしれないなら、知ってしまったからといって余計な真似はしたくない。

でも、遠野にも篠原にも、今の状態が最良とは思えない。隠されているから一見、問題ないように見えるけれど。

篠原は『遠野君には、この話……』と言って、黙ってしまった。意地悪な解釈だけれど、『言わないで』とは言われていない。篠原が秘密にしていたいなら、秘密でもいい。俺も『君が秘密にしていたいなら、言わない』そう断言してしまった。しかし篠原は、その先を明確に答えなかった。

篠原は、ブローチに対しても『どうしたらいいのか、わからない』と言っていたし、『直したくありません』とは言わなかった。

それは、こっちに判断を委ねたと解釈してもいいんだろうか。

俺も遠野も、他人に余計なノイズを与えたくない。俺はたぶん、他人にプラスの結果を与える自信がなくて、深入りしたくないだけで、遠野は、自分が存在するせいで、誰かに後ろ向きな影響を与えるのが嫌だった。だから一人でいようとした。

俺と遠野は、似ているのかもしれない。だから遠野も、なんとなく付き合ってくれているのだと思う。他人に踏み込んで、深く関わるのを嫌う。人と関わらずにいられるのかなんて、わからないけど。

ぼんやりと肘をつきながら、氷の溶けきった水を飲む。どうしようかな、と窓をつたう雨を横目に考える。篠原とあまり関係ないところで、個人的に、秘密を秘密のままにするのは少し抵抗があった。

間違い電話で繋がった二人の、どちらがよりお互いの正体を把握できたかという意味では篠原の勝ちなのに、遠野は、自分が勝ってるみたいな顔をしている。遠野が電話の相手を盛大に勘違いしているなら、『全然違ってるけど？』とハズレ宣言してやりたい。


翌日は、真っ青な空が広がっていた。道路は濡れた落ち葉で大変なことになってるけど、雨のあとの草木はきらきらと光っていて、世界が眩しく感じられた。

大学に南多の姿はない。警察沙汰になっているはずだけれど、特に大学で騒ぎになっている様子はなかった。ニュースにならなかったせいか、何事もなく過ぎていく。

午後の講義のあと、ペッパーの散歩がてら有賀堂へ行くと、千鶴さんがいた。

「お疲れ様です湯川君、と遠野君」

千鶴さんが、遠野より先に俺の名前を呼んで笑った。千鶴さんには、朝にこっそり事情を話し、篠原のブローチ持参で来てもらっている。遠野はどこか違和感があるのか、首を傾げて千鶴さんに尋ねた。

「お店はどうしたんですか」

「夕貴子さんにお任せです。今日は、このブローチのことで湯川君に呼ばれたんです」

そう言って、千鶴さんは白いハンカチに包んでいたブローチをガラスケースの上に置いた。細かい石がきらきらと転がる。石が取れて壊れた蝶は、抜け殻のように見えた。

「ブローチの元の持ち主について、遠野に聞いてもらいたいんだ」

少し真面目な声を出して遠野を見た。遠野が不思議そうなずく。有賀さんが淹れてくれた紅茶を囲んで、みんなで応接の椅子に座った。

「五年前、友達と死別した女の子がいたんだ。その友達は、病気が発覚した時点で、何も言わずに女の子のもとからいなくなってしまった。友達の名前は、佐倉ゆかりさん」

「さくら……」

遠野が瞬きをしながら呟いた。

「佐倉さんは、自分の病気が深刻なものだと知ると、そのことを、いちばん仲のよかった友達にも言わずに『転校』した。佐倉さんはその友達を悲しませたくなくて、『どこかで元気に生きてる』って思っていてほしくて、病気とか、その先のことを隠してほしいと家族に頼んだ。そして入院中に許可をもらって、いちばん大切だった友達に会いに行って、『急な引っ越しだけど会う時間ができた』と嘘をついてた。そして、自分がおばあさんの形見として大事にしていたブローチを、その子に渡した」

立ち上がった千鶴さんがガラスケースの上のブローチを手に取り、遠野の目の前に置いた。遠野は真剣に目を見開く。

「その後二人は、二度と会うことはできなかったけど、女の子は諦めずに、友達の行方をずっと調べていた。家族や学校の先生は本当のことを知ってたけど、佐倉さんが最後まで

『夕貴子ちゃんに言わないで』って言っていたから、周りの大人達は二人のために、連絡先が解らないフリをしたり、適当に間違った連絡先を教えたりして、それを隠そうとした。でも本当のことって、どこかで伝わっちゃうみたいだね。『夕貴子ちゃん』にも」

遠野がブローチに目を落とす。俺は少しためらいながらも先を続けた。

「そのあと、『夕貴子ちゃん』も家の都合で転校することになった。青松町に住んでいた『夕貴子ちゃん』には、お気に入りの木があった。ユークロニアホテルの、並んで立っている仲間の木よりちょっと背が低い、楓の木だった。その楓は最初、ホテル正面側の庭園にあったんだけど、隣の楓が違う場所へ移されて、枯れてしまっていた。そして、ちょっと背の低い楓の木も裏手に移されて、弱っていた。『夕貴子ちゃん』は思った。この木は自分と似ている。自分と同じだって」

遠野の顔色が変わった。離れた場所で枯れてしまった木。そのあと、違う場所へ移って元気がなくなった、背の低い楓の木。遠野はこの話を知っている。

「彼女の手元には、佐倉さんの手掛かりになりそうな連絡先の候補が残っていた。本当のことにうすうす気付きながらも、彼女はそれを確かめるために、そのいくつかの番号に電話した。それでもやっぱり、佐倉さんのところには繋がらなかったんだって。……それが中学二年生になった、春の話」

「その頃には、お友達は亡くなられていたんですか」

有賀さんの質問に、黙ってうなずく。「どちらもお気の毒に」と有賀さんが小さく呟いた。

遠野は息が止まったような顔で、必死に考えている。

「大切な友達が何も言わずにこの世からいなくなって、自分も転校することになって、お気に入りの楓の木も枯れかけていた。自分も同じようにダメになるんだろう、そう思っていた時に、偶然繋がった電話の見知らぬ相手が、自分を元気づけてくれた。そのおかげで、『転校した先の学校では、元気に過ごそう』って思えるようになったんだって。そして、市外局番や話の内容から、電話の相手が引っ越し先と同じ学区で、さらに同級生であると判明して、楽しみにしていた。そして同じ学校の同じクラスになって、担任の先生からその生徒について知らされた」

遠野が険しい顔をしたまま、下を向いた。話を続けるのが少し辛い。

「自分を元気づけてくれて、楽しそうに音楽やスポーツの話をしてくれた男の子は、事故で一年前から満足に動くこともできず、左腕はほとんど動かない状態だった」

誰が悪いわけでもないのに、遠野は複雑な表情で黙り込んでいる。

「もらった連絡網で、遠野の番号見つけて驚いたんだって。だから篠原も、学校が始まったら名乗り出て、驚かそうと思ってたらしいよ。でも先生から話を聞いて、自分が遠野に辛い嘘を言わせてしまった、そう思ったんだって。篠原はそれが心苦しくて、感謝を伝えることもできなかった。今度は目の前にいるのに、生きてるのに」

篠原の泣きそうな目と、囁くような声を思い出す。ごめん、この先を言わせてもらう。

「逆に、電話の相手が自分だと知られてはいけない、そう強く思った。遠野に元気づけてもらった女の子は、どこかで、遠野のおかげで元気で明るく過ごしている。そう思っていてほしかった。だから篠原は、自分の声を遠野に聞かれたくなくて、間違い電話の相手が自分だと知られたくなくて、学校では普通の声を出すのが、怖かった」

「え、まさか、篠原は」

「だから篠原は、遠野の前で本当の声を出せないんだよ。遠野の前では声を出したくない、声を聞かれるのが怖い、声を出してはいけないと思って、話せなくなってしまった」

「でも、自分の意思だったら、コントロールできるだろう？　こんな、何年も、それこそ高校行ってる間なんて関係ないはずなのに」

　遠野が困惑した顔で聞いた。遠野君のせいではないんです、篠原も申し訳なさそうにそう言っていた。遠野を落ち着かせるように、ゆっくりと話す。

「声を出すのが怖いとか、声を出してはいけないって強く思い込むことで、本当に出なくなったりすることがあるんだって。遠野以外の人や家族の前で普通に話ができてたなら、声を出す器官も弱りにくいのかもしれないけど、篠原はそうじゃないみたいだ。癖になってて、自分でも解らないって言ってた。そう思い込む原因や理由が解消されれば、症状は消えることが多いらしいんだけどね」

　想像妊娠は、妊娠していないと診断されれば症状は消えるらしい。でも声は、声を出す器官を使っていないと衰えるのではないだろうか。もしそうなら、原因や理由を解消しても、すぐにきれいな声は戻らないかもしれない。

目を伏せた遠野が苦しそうに聞いた。

「医者に診てもらったりは……」

「環境の変化によるストレスだって言われたらしいよ。間違いではないよね」

有賀さんは紅茶のカップをかたりと置いて、遠野の顔を覗き込む。そして遠野が顔を上げると、明るい声で言った。

「君次第で、夕貴子さんは本来の声が出せるようになるかもしれないんですね。まだ若いですから、多少声帯が衰えていても必ず改善されます。遠野君、そう考える方が前向きだと思いませんか」

遠野が何か言いたそうに有賀さんを見る。しばらく唇を噛んで考えると、遠野は複雑な顔で聞いた。

「だとしても、どうやって」

立ち上がった有賀さんは、扉を開けてペッパーを店内に招き入れる。

篠原の声が戻るかもしれないなら、問題を解消するのは早い方がいいと思う。不安そうな目をしている遠野に言った。

「篠原が声を殺す原因は、あの電話の相手が自分だって、遠野に知られてはいけないって思ってるからだよね。まずは、その必要がないことを篠原が理解すればいいんだ。まあ、遠野にこの秘密を俺が暴露してしまった時点で、篠原の守る秘密はすでに秘密でなくなってるんだけど、遠野が『篠原ー、俺だー、お前の秘密を知っているー！』みたいに衝撃的な種明かしするのは、間違いなく俺がすごく嫌われるうえに、いい結果は期待できない」

「やらないけど、どうしてだよ」

遠野がやりにくそうに聞くと、俺は少し真面目な顔をして答えた。

「篠原は、遠野に知られるのが怖いんだよ。『遠野が本当のことを知ってしまった』なんて伝わったら、かえってショック受けるだろ。もう秘密を守る必要はないってことを理解するのも重要だけど、大事なのは『知られても怖くない』と篠原が安心することなんだよ」

「それなら余計、俺がなんか言って怖がらせるわけにはいかないいんじゃ」

「他人が横から『大丈夫だよー』とか『遠野、もうそれ知ってるってよ』なんて言ったところで、篠原が安心できるわけないじゃん。篠原が声を殺して守ってたのは、記憶っていうか思い出っていうか、遠野のメンタル的なものなんだよ。『もう大丈夫』って、遠野が伝えないと意味なくない？」

遠野は、まだどこか迷うような目をしてみんなを見る。

「……それで、本当に篠原の声が治るのか」

「心の問題だから、スイッチを入れるみたいに簡単にはいかないかもしれないけどさ、篠原本人もある程度自覚してるし、『もう声を殺す必要はない』って穏やかに理解できれば、改善する可能性はあると思う」

「それを、俺がやるのか」

「壊れたものをそのままにしておけないのは誰だっけ。直さないのかって、偉そうにセールストークしてたじゃん、篠原に」

なんなら復唱してやろうか、とぐじぐじしてる遠野に笑って言った。ちょっと待て、と遠野の顔が赤くなる。

「だいたいあれは、ブローチの話だろう？」

あせる遠野に、有賀さんが扇子で顔を隠しながら笑っている。面白いけれど一応、遠野を落ち着かせるようにのんびり言った。

「そのためにもさ、遠野、まずはブローチを直すご提案から始めてみるのはどうかな」

「……なんだよそれ」

「篠原は、壊れたブローチを直すことに罪悪感があるみたいだった。形を変えたくない、変えるわけにはいかない、って言ってたじゃん。篠原の声も同じだよ。声を治すことが、遠野の言葉を軽く扱うことみたいで、自分に許可が出せないんだよ。壊れたなら、どっちもなおせばいいのにさ」

「でも、リフォームとかはさすがに、そこは個人の自由だし」

「言ってたじゃん。変わらないことを求める方が間違ってるんじゃないか、石だろうが人だろうが、壊れたまま変わらずにいることを求められる方が辛いだろう、って」

「おい湯川！」

うひゃひゃ、と笑いながらペッパーの陰に隠れると、ため息をついた遠野が真剣な目でテーブルの上の壊れたブローチを見る。

「だから、これも直せばいいんだよ。自分の声が戻ることに罪悪感を持たないように。壊れたものを変わらないままにしておく必要なんかないって思えるように、さ」

そう言ってブローチを手に取ると、遠野の目の前に置いて続けた。

「説得できるのは遠野しかいないじゃん？　さあ、レッツビギン」

「私達宝石のことなんてさっぱりですし。そもそも私、一個も持ってませんし」

千鶴さんも同調してくれる。複雑な顔の宝石屋さん達に構わず続けた。

「宝石のリフォームのご提案やデザインなら得意じゃん。俺、どっちも見たし」

「でしたら遠野君、ブローチのリフォームも君が担当してみたらどうですか」

ふっと横から有賀さんが言う。目を丸くした遠野が、慌てたように早口で言った。

「そんな、まだ資格だって取れてないし、無理ですよ。デザインくらいならお手伝いできるかもしれませんが、いつもみたいに他の人とコンペにかけて決めたほうが」

有賀さんは再び白い扇子を開くと、ゆらゆらと扇いで言った。

「今回、君にお願いする理由は料金のこともあります。僕は一応プロですから。でも君は、まだ内定が決まったばかりの新人というか、弟子というか見習いというか丁稚みたいなものですから、技術料を請求しなくて済みます。大丈夫、大切なブローチを失敗作にはさせませんよ。ちゃんとそばについて指導します。僕は君の上司ですから」

「でも」

遠野が子供みたいに不安そうな顔をする。有賀さんが有無を言わさない笑顔で言った。

「でしたら一応、社長命令だと思っていただいても構いませんよ」

「たった今、内定が決まったばかりの丁稚って言いましたよね」

遠野が有賀さんをじろりと見た。有賀さんは目を細めて遠野を見る。先に目を逸らした遠野が小さく言った。

「……わかりました」

「よろしい。僕の弟子は素直でよい子ですね」

有賀さんが満足そうに微笑む。嬉しくなってペッパーに抱きつくと、「難しいな」と遠野がため息をつく。

「俺がいきなり篠原と話しても、安心していいってことを穏やかに伝えるなんて、どうすればいいのか」

頭を抱える遠野に、俺も友人として最大限に力になろうと知恵を貸す。

「うーん、篠原があの木のところでフルート吹いてる現場を遠野が笑顔で押さえれば、説明なしに一瞬で理解するんだけどね。さらなる穏やかな理解のためにも、遠野、フルート吹いてる篠原に後ろから目隠しして、だーれだ、ってやってみる?」

お前やれるのか、と遠野が睨む。さすがに無理、と視線を逸らす。

「それはさておき、やっぱりここは、ペッパーにお願いしたほうがいいと思いますよね、と有賀さんはペッパーの顔を見て、にっこり笑った。

＊

——遠野は電話を取った。やわらかな女の子の声だった。

『サクラさんのお宅ですか』

「違いますよ」

女の子は番号を確認してかけ直した。もう一度電話を取る。

『サクラさんのお宅ですか』

二度目の声は、なんだか泣きそうな声に聞こえた。サクラさんと喧嘩でもしたんだろうか。ぼんやりと部屋の外を眺めながら言った。

「サクラさんはいないけど、桜の木ならここから見えるよ」

『あ、やっぱり番号が違ってたんですね、ごめんなさい』

女の子は番号が間違いとわかり、落胆しながらも諦めようとしていた。少しだけ可哀想になって慰める。

「そんな、泣きそうな声出さないでよ。……泣いてるの？」

『いえ、もう、いいんです』

泣いてるの？　なんて聞いたのがかえって良くなかったのか、やわらかな声が悲しそうに震える。まるで自分が泣かせてしまったような気がして言った。

「泣かないでよ。こんなにいい季節で、桜も咲いてるんだしさ」

『ごめんなさい……あ』

ふいに、飼い始めたばかりの子犬が鳴いた。電話の向こうにもその声が聞こえたらしい。震えるような声で泣いてたくせに、あ、と驚いたような声が少しだけ間抜けな感じがして、笑いながら教えた。

「ああ、犬を飼い始めたんだよ、うち。真っ黒な子犬なんだけどさ、めちゃくちゃ元気なんだよペッパーは」

『ペッパー？』

うっかり名前を言ってしまったついでに、実は女の子だということと、あまりにも元気なので自分が男の子みたいな名前をつけてしまったことを話した。それがおかしかったのか、震えていた声が少しだけ明るくなる。犬が好きらしい。

「よかった。泣きながら電話してくるから、心配したよ。元気な声も出るんだね」

誰だか知らないけれど、知らないからこそ気軽に言った。お互いどれだけ適当なことを言ってもわからない。だったら怖いことはなかった。

『ごめんなさい。わたしもう、ダメになるような気がして辛かったんです。わたしに似た子も、もうダメになっちゃいそうだから』

そう言った女の子の声がまた重く沈んだ。何がなんだかわからなくて、思わず尋ねる。

「ダメって、どうダメになるの。その子って大丈夫なの？　まさか」

『あ、いえ、あの、その子っていうのは人間じゃなくて、……木、なんだけど』

あせりながらも気まずそうに、恥ずかしそうな声で女の子が言った。木ですか。なんだかな、とこっそりため息が出る。それでも明るい声を出した。

「もう泣かないでよ。元気がないのはその木であって、君じゃないんだから。それに、人じゃなくて木に似てるって、そんなに似てるの？」

『うん、いろいろ、見た目もちょっと。わたし、少しみんなと違うから。恥ずかしいからどう違うかは言わないけど』

女の子が困ったような声で言った。思わず噴き出す。

「そんなこと言ったら、かえってすごい想像するよ。すっごく太ってるとか。あ、でもその木はダメになりそうなのか。じゃあ太ってはいないな。枯れそうなんだよね。でも、君の身体が悪いわけじゃないいんだろ？」

『そうだけど、似ているなら同じように、だめになるような気がして』

「後ろ向きだなあ。自分に似てる木が弱ったから自分もダメになる、じゃなくてさ、逆にその木を元気にしてやることを考えればいいのに。その木が調子悪いにしてもさ、じゃあ自分もダメになるんだとか、そばで泣いてたり落ち込みまくってる奴がいたら、そいつはもっと辛いだろ？　それより元気出して強くなったほうがよっぽど前向きだよ。それとも君は具合悪いの？　動かないところがあるの？」

どれだけ皮肉をこめても絶対に伝わらない自信があるから、安心して言う。女の子は安心しきって無邪気に答えた。

『ううん、そんなことない。身体は元気。足も速いし、剣道だって得意だった』

剣道か。習っていた姉の話を思い出しながら、適当に合わせてみる。すごいね、俺も柔道より剣道の方が得意だよ、夏は結構きついよね。

「あとさ、剣道やってると蝶結びってすごくうまくなるよね」

『そうそう、あと、稽古のあとでお風呂入ると、もう跳び上がるほど痛い』

「ああ、それわかるよ」

剣道とは違う傷で、なんとなく理解した。思いもよらないところにあった傷が痛む感覚。

女の子は嬉しそうに話を続けた。

『あと、実はすばしっこいから、間合いの外からいきなり移動するのも得意』

「すばしっこい、か。体育の成績よさそうだな。俺と似てるかもね。足、速いんだ」

腕の振りひとつで全然タイム違うよとか、靴も大事だよねとか、もっともらしいアドバイスをした。女の子が感心した声を出す。

『ありがとう、走るのは好きだから参考にする。でも本当は、音楽も好きなの。フルートとか』

「へえ、フルートってすごいね。難しいんじゃないの？」

楽器の話はさすがにわからなかった。もともと興味はなかったけれど、フルートはもちろん、左手を駆使するギターなどをこの先、演奏することはないだろう。

『でもまだ、「エーデルワイス」しか吹けないよ』

「『エーデルワイス』って、リコーダーでやったやつだよね、小学三年で」

『中一でもやってたよ。アルトリコーダーだったけど、去年の教科書にあったから。でもフルートだと全然違うよ。わたし、教室とか通ってないから覚えるのが遅いの』

「そういえばそうだった」と思わず相槌を打った。去年中一ってことは、やっぱり学年が同じらしい。歳は一つ違うけど。

「でもそれいいね。音楽とか、フルートってすごいよ。絶対俺には無理だしね。スポーツと違ってそっちはよく知らないけどさ、歌だって植物にいいんじゃない？　声をかけたり音楽を聴かせると元気になるってあるみたいだし、その木に歌ってあげなよ。フルートもいいけど、君すごくいい声なんだから歌もいいと思うよ。苦手？」

少しは本当のことを言ってみる。明るく話す時のこの子の声はやわらかくて、魅力的だった。女の子は恥ずかしそうに小さく答える。

『あ、実は得意かも。でも恥ずかしいから無理』

「素敵な声なのにもったいないよ。それに、どこかの木のそばで歌ってる女の子がいたら、声で君だってわかるしね。それで、その木ってどこにあるの？」

全然興味がないことを、いかにも興味があるように聞いた。

『それは絶対秘密。通学路の途中に見つけたの』

「じゃあ、近くに何がある？」

女の子が少し考え込んで言った。

『えーと、そこの場所からは、王様の冠《かんむり》が見えるよ。青松町の駅の屋根が、偶然、金縁で十字架の載った赤い王冠に見える場所があるの』

「いいこと聞いた。今度探してみよう。声はもう覚えたから、そこで歌ってる子がいたら、顔を見てみようかな」

『ダメ、そんなところ見られたら、恥ずかしくて走って逃げちゃう』

そう言って女の子は明るい声で笑った。少しは元気になれたらしい。あとはいつも周囲に言い聞かせているように、前向きな理屈を並べればよかった。

「でもよかった。おたがい、身体は動くし、走るのも速い。得意なこともたくさんある。あとは食欲がちゃんとあるなら、これからも元気に頑張れるはずだよ」

『食欲は、恥ずかしいくらいあるかも』

「甘い物とか？」

『あ、わかる？　例の木の近くにあるケーキ屋さんのチョコレートケーキが大好きなの』

恥ずかしそうに、でも嬉しそうにそう言った。きっと本当に好きなんだろう。

「チョコレートケーキ、ねえ」

『エーデルシュタイン、っていうお店なの。チョコレートケーキにお店の名前がそのままついてるくらいだから、お店も自信があるんじゃないかな』

なるほどね、と納得しながら、なんとなく疑問に思ったことを口にする。

「エーデルワイスとか、エーデルシュタインとか、エーデルってなんだろう？」

『あ、わたし知ってる。ドイツ語みたいだよ。エーデルっていうのは高貴とか気高いって意味だって。エーデルワイスは花の名前で、高貴な白って意味らしいから、ワイスが白。シュタインは石だって。だからエーデルシュタインってたぶん』

「高貴な石、……ああ、宝石か」

『ごめんね、男の子は興味ないよね』

やわらかな声が申し訳なさそうに言った。少しだけ複雑な気分になる。それでも絶対に伝わらない自信があるから、安心して言った。

「まあ、そういうわけでもないんだけどね」――。

日が暮れる頃、少し離れた場所からユークロニアホテルを眺めていた。通りの八重桜はまだ少し残っていて、時折淡い色の花びらが音もなく落ちていく。

裏手にある楓の木のそばで、フルートを吹く背の低い女の子を見た。難しそうな曲をいくつか演奏したあと、聞き覚えのあるメロディが流れる。『エーデルワイス』だった。

少しずつアレンジを変えた『エーデルワイス』をゆっくりと演奏する。長い髪を春風に預けて、オレンジ色の光の中をのんびりと揺れるように篠原が銀色の笛を吹く。

「この間のチョコレートケーキを買いに行きませんか」と有賀さんにまんまと呼び出された柳川さんが、有賀さんと遠野、千鶴さんとペッパーを車に乗せてホテルまでやってきた。ペッパーは柳川さんの車が嬉しいのか、窓から真っ黒な顔を出したまま到着する。篠原がここに来るのを確かめるために待っていた俺に、「くだらないことで呼び出しやがって」と柳川さんが文句を言った。

ごちゃごちゃ説明するより話が早いという理由で、篠原がフルートを吹いているところを遠野が押さえる案は採用された。それにより篠原に生じる不安の緩和と、状況の穏やかな理解、さらに『だーれだ』とやるのを遠野が執拗《しつよう》に拒んだため、ペッパー先生にご足労いただくことになった。

演技や演出なしの、いつも通りのペッパーの出番だった。ペッパーが篠原を見つけて、そこに遠野がのんびり歩いていくだけでいい。

ペッパーは遠野に大きく影響を与えている。遠野だけじゃなくて、俺や篠原にも。ペッパーは人に関わることにためらうこともないし、恐れたりしない。人に与える影響なんて悩まない。自分が関わらない方がきれいな結果に終わるかも、なんてことも考えない。ペッパーにできることが、どうして自分には難しく思えるんだろう。

遠野が、ふと思い出したように言った。

「篠原のブローチだけどさ、あんまり凝ったデザインじゃなくて、シンプルに、白い花がいいと思う。大きいと大げさでかえって使いにくいだろうし、いつも持っていたいなら、さりげないくらいの方がいいと思ったんだ」

「いいね。小さくて高貴な白い花って、ぴったりじゃないかな」

遠野は赤いリードを握ったまま、少しの間、遠くの篠原を眺めていた。とんとん、とその手をノックするペッパーの頭を撫でると、遠野が赤いリードを手から放す。
振り返ったペッパーと一瞬目が合って、祈るような気持ちで手を振った。
やわらかな夕暮れのなか、春風に揺れる一本の木のもとへ、ペッパーは駆けていった。

あとがき

この話は、眠らぬ街・白根沢を仕切る組織の末端構成員・湯川と、黒犬遣いの遠野が、忍者の末裔《まつえい》・篠原と、詐欺師・南多の戦いに遭遇し、幻術使いの有賀、瞬間移動の千鶴、ヤクザの柳川を巻き込んで陰謀を暴く数奇な物語……ではなく、ごく普通の湯川少年が、なんとなく事件を解決して、なんとなく周りが救われる話です。

環境が変わって、知らない場所で過ごすのはそれなりに大変ですが、主人公の湯川は、幸運なことに自分の通う大学がお気に入りの場所でした。

どんな環境でも、どこかひとつ『お気に入りの場所』が見つかると、ほっとできます。いろいろな理由で、家や学校でほっとすることが難しくて、それ以外のところに、自分がほっとできる場所を求めてしまうこともありますが、見つけられたらこっちのものです。そういう場所が見つかるのは、素晴らしいことだと思います。

それが、きれいなお姉さんがにっこりして紅茶をサービスしてくれるパン屋さんだったり、優しい白衣の紳士がにこにこしながら紅茶を出してくれる宝石屋さんだったりしたら、楽しいかもしれない。そこで出会った人達と仲良くなれたら、もっと楽しい（別に紅茶でなくても、コーヒーでも玄米茶でもトマトジュースでも、なんでもいいのですが）。

そんなふうにできあがった話なので、若干名を除いて、大人がよく笑っています。私もにこやかな大人でありたいと思いながら、ニヤニヤした怪しい人一歩手前な感じで生きています。しかし、この本ができるまでは、笑っている場合ではありませんでした。「この小説、大丈夫かな」と不安でいっぱいでしたが、この話を本にしてくれるために、多くの方々が尽力してくださいました。本当に感謝しています。

なかでも、とても素敵なｕｓｉさんのイラストは、どんよりした不安を吹き飛ばして、私にエネルギーを与えてくれました。カバーイラストを拝見したのは電車の中でしたが、嬉しくてずっとニヤニヤしていました。なぜか隣の席には誰も座りませんでした。

それはともかく、『探し物はたぶん嘘』の世界を、なんとなく楽しんでいただけたら嬉しいです。

大石塔子

この物語はフィクションです。
実在の人物、団体等とは一切関係がありません。

大石塔子先生へのファンレターの宛先

〒101-0003　東京都千代田区一ツ橋2-6-3　一ツ橋ビル2F
マイナビ出版　ファン文庫編集部
「大石塔子先生」係

Fan ファン文庫

探し物はたぶん嘘

2016年7月20日　初版第1刷発行

著　者　　大石塔子
発行者　　滝口直樹
編　集　　小山太一（株式会社マイナビ出版）　佐野恵（有限会社マイストリート）
発行所　　株式会社マイナビ出版
〒101-0003　東京都千代田区一ツ橋2丁目6番3号　一ツ橋ビル2F
TEL 0480-38-6872（注文専用ダイヤル）
TEL 03-3556-2731（販売部）
TEL 03-3556-2733（編集部）
URL　http://book.mynavi.jp/

イラスト　　usi
装　幀　　坂野公一＋吉田友美（welle design）
フォーマット　　ベイブリッジ・スタジオ
DTP　　株式会社エストール
印刷・製本　　図書印刷株式会社

 ISBN978-4-8399-5995-1
Printed in Japan

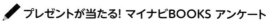

Fan
ファン文庫

坂上《さかのうえ》動物園のシロクマ係
当園は、雨男お断り

動物園は今日も雨!?　晴れ女の飼育員×嵐を
呼ぶ雨男×可愛すぎる子グマにキュンッ♪

恋に破れた晴れ女・晴子と、恋を見失った雨男・
一。ふたりが双子の赤ちゃんグマと愛を育む、
雨降って地固まる、ほんわかストーリー！

著者／結城敦子
イラスト／げみ